KB177905

나무와 함께 정처 없음

나무와
함께
정처 없음

―――――――

노재희
산문

여름씨에게

차례

아무것도 기다리지 않는 시간

너를 기다리는 동안 일어나는 일들을 말해볼까.

나는 일을 잘 못한다. 꾸역꾸역 일을 하더라도 배가 바람에 떠밀리듯 난 떠밀리고 있어. 그 배는 난파선이 될 운명에 처해 있다. 폭풍에 부서지거나 뒤집힐지도 몰라. 그게 내 운명일까?

책을 읽지만 눈이 글자를 따라갈 뿐 다음 페이지가 궁금하지 않아. 네가 언제 올지가 더 궁금하지. 정신은 지금 여기 없고 어디 먼 데 가 있다. 혀를 적시는 커피 맛을 모르고 내 곁에 부는 바람을 놓치고 지금 한창인 계절을 잊는다. 네가 오기만 하면 그때부터는 나도 일을 근면하게 하는 사람, 세상사에 호기심이 많은 사람이 될 거야. 그래 그럴 수 있을 거야. 하지만 아직은 아니야. 네가 아직 오지 않았으니까.

그런데 잠깐만, 너는 누구지? 네가 누구였더라?

*

태어나면서부터 내가 가장 많이, 가장 오래 한 것은 엄마를 기다리는 일이었다. 함께 엄마를 기다려주던 오빠는 여덟 살이 되어 학교에 들어갔다. 오빠는 학교에 가는데 나는 왜 학교에 가면 안 돼? 여덟 살이 돼야 학교에 가는 거야. 나는 왜 여덟 살이 아니야? 너는 여섯 살이잖아. 나는 왜 여섯 살이야? 질문이 많은 아이는 집에 혼자 남았다.

새벽 통근 버스를 타는 아빠는 내가 잠에서 깨기도 전에 집을 나갔다. 엄마와 오빠는 함께 집을 나갔다. 나는? 나는 대문턱에 앉아 오빠와 엄마의 뒷모습을 바라본다. 오빠는 학교 로고가 박힌 노란 챙모자를 썼고 고데기로 동그랗게 말린 엄마의 뒷머리는 어깨에서

찰랑거린다. 엄마와 오빠가 골목을 벗어나 큰길 쪽으로 사라진 그 순간부터 나는 두 사람이 돌아오는 때를 기다리기 시작한다. 일단은 집에 들어가서 기다린다. 집 안엔 아무도 없으니 무서워서 못 들어가고 마당까지만 들어간다. 현관으로 이어진 계단에 가만히 앉아 있는다.

　　아무도 없는 텅 빈 집에 혼자 남겨진 여섯 살 아이는 무엇을 했을까? 내가 답을 알려드리겠다. 아이는 고무줄놀이를 한다. 고무줄을 잡아줄 친구도 없이 혼자서 무슨 고무줄놀이냐고? 고무줄을 잡아줄 나만의 친구들이 있었다. 하나는 대문의 툭 튀어나온 경첩이었고 또 하나는 수도 계량기함 뚜껑이었다. 그 친구들이 양쪽에서 고무줄을 붙잡고 있는 동안 나는 폴짝폴짝 뛴다. 월남 화차 수수 목단 금단 토단 일! 뛰고 또 뛴다. 친구들이 그만하라고 할 때까지 혹은 우리 집에 세 들어 사는 권호네 아줌마가 마당에 나올 때까지 계속 뛴다.

　　마당 수돗가에 쪼그리고 앉아 뭔가를 하던 아줌마는 권호의 울음소리가 들리면 나더러 들어가서 권호를 보라고 한다. 옥상에 빨래 널러 올라가면서도 나한테 잠깐 권호를 보고 있으라고 한다. 그래서 나는 이

부자리에 누워 있는 권호를 자주 들여다보았다. 아기는 나를 보고 울음을 그친다. 어떤 때는 가만히 있다가 울기 시작할 때도 있다. 아기가 울음을 그치지 않으면 나는 같이 운다.

아줌마가 아기 곁으로 돌아오면 나는 집 밖으로 도망친다. 대문턱에 앉아 있거나 대문 앞에 시멘트로 만들어놓은 쓰레기통 위에 올라가 앉아 있는다. 그러면 옆집 성수네 할머니가 지나가고 옆집 재현이 오빠네 아줌마가 지나가고 막다른 골목 끝집에 사는 영미가 지나간다. 영미가 같이 놀자고 하면 영미네 집에 가서 놀기도 한다. 그 집에는 영미 동생들도 있었고 무엇보다 영미네 엄마가 있었다.

오후가 되면 우선 오빠가 오기를 기다린다. 오빠를 기다리다 지치면 오빠네 학교로 간다. 운동장을 가로질러 본관 건물로 간다. 1층에 오빠네 교실이 있다. 창문 너머로 교실 안을 몰래 들여다본다. 수업이 아직 안 끝난 모양이다. 몸을 돌려 창문 아래 앉는다. 잠시 후 밖으로 나가 모래 바닥에 돌멩이로 그림을 그린다. 더 이상 그릴 게 없으면 다시 건물 안으로 들어가본다. 아직도 안 끝났나? 까치발을 하고 빼꼼히 고개를 들어 창문 안을 들여다본다.

어떤 날엔 교탁 앞에 서 있던 선생님과 눈이 마주치기도 한다. 선생님이 교실 밖으로 나온다. 야단맞을까 봐 얼음이 돼버린 나에게 선생님이 들어오라고 한다. 네? 들어오라고. 내가 누군지 이미 알고 있던 선생님이 나를 데리고 들어가 교실 뒤쪽 빈자리에 앉으라고 한다. 나는 오빠를 한번 쳐다보고 선생님이 가리킨 자리로 간다. 얌전히 앉아 있으라고 해서 나는 얌전히 앉아 있는다.

나도 그렇게 교실에 앉아 공부하고 싶었다. 나도 학교에 다니고 싶었다. 학교에 너무너무 다니고 싶어서 아침 일찍 아무도 모르게 오빠의 국어책을 가지고 혼자 학교에 간 적도 있다. 운동장 등나무 벤치에 앉아 소리 내어 국어책을 읽었다. 아무도 가르쳐준 적 없지만 나는 글자도 읽을 줄 알았다. 그러니까 나도 교실에 앉아 공부를 하고 싶었다.

수업이 끝나면 오빠와 집에 온다. 어떤 날엔 오빠가 운동장에서 친구들과 노는 동안 스탠드에 앉아 기다린다. 노는 와중에도 오빠는 한번씩 내게 달려와 조금만 더 기다리라고 말한다. 오빠는 나에게 화를 내지도 않았고 나를 창피해하지도 않았다. 그래서 나는 계속 오빠를 기다리러 학교에 갔다.

오빠와 함께 집에 돌아오면 그때부터 엄마가 오기를 기다린다. 오빠는 숙제를 하고 나도 그 옆에서 오빠의 책으로 내가 만들어낸 숙제를 한다. 그럴 때마다 누가 나에게 숙제를 좀 내줬으면 좋겠다고 생각했다.

해가 바뀌어 일곱 살이 되어도 나는 학교에 들어가지 못한다. 왜냐하면 나는 일곱 살이니까. 나는 왜 일곱 살이야? 세상이 돌아가는 이치를 몰라 질문이 많은 나는 여전히 오빠를 기다리고 엄마를 기다린다.

엄마는 혼자 있는 내가 걱정돼 매일 점심시간에 집에 와서 나와 함께 점심을 먹은 후 다시 회사로 돌아갔다고 한다. 하지만 나에게는 그런 기억이 전혀 없다. 행복하고 좋았던 일보다는 슬프고 무서웠던 일이 기억에 더 잘 남는다는 학설이 있다. 그게 사실이라면 정말로 슬픈 일이다. 그러나 행복하고 좋았던 일로만 기억이 이루어진다면 우리의 기억은 지금보다 훨씬 쪼그라들 것이다.

엄마는 나를 낳은 지 한 달 만에 출근했다. 오빠 때와 마찬가지로 산후조리도 제대로 못해 몸이 많이 상했고 그 상처는 평생을 갔다. 엄마는 퇴근 후 우리를 씻기고 먹이고 놀아주고 우리가 잠든 후에야 집안일을 시작했다. 집안일을 끝낸 후에는 우리 때문에 정시에 퇴근하느라 회사에서 못다 마친 일을 했다. 월급으로는 부족한 가계를 메우려고 이런저런 부업도 했다. 엄마의 손을 필요로 하는 사람도 일도 많았기 때문에 엄마는 잠도 제대로 못 자고 몸이 부서져라 일했다. 실제로 엄마는 그때 몸이 많이 부서졌다. 나중에 내가 커서 보니 엄마의 몸에는 간신히 이어 붙인 금들이 많았다. 엄마는 금이 간 몸으로 평생을 살았다.

외할머니가 와서 며칠, 이모가 와서 며칠, 고모가 와서 며칠, 먼 친척이 와서 며칠 하는 식으로 여러 사람이 띄엄띄엄 엄마의 육아를 도왔다. 아이 보는 사람을 집에 들이기도 했지만 대체로 십 대 후반이나 이십 대 초반 여성이었던 그들은 얼마 지나지 않아 또 다른 일을 찾아 떠나곤 했다. 아무도 없을 때는 어린 오빠와 나만 집에 남기도 했다. 그럴 때면 우리 집에 세 들어 살던 사람이나 이웃들에게 이런저런 부탁을 해야 했다.

국가로부터는 어떤 육아 지원도 받지 못했다. 1970년대, 그때 이미 북한은 탁아소를 운영해 국가가 어린이를 돌보고 있었다. 남한 정부는 북한 정부가 부모로부터 아이를 빼앗아간다며 탁아소가 비인간적이라고 비난하기만 했다.

주 양육자가 꼭 엄마일 필요는 없다. 만약 그렇다면 세상은 노동력의 거의 절반을 잃게 될 것이다. 그러니 국가가 육아 지원을 하는 것은 사실 국가에도 이익이 되는 일이다. 주 양육자만으로 육아가 가능한 것도 아니다. 그러니 국가의 육아 지원이 선택의 문제가 아니라는 것은 명백하다.

주 양육자 혹은 보조 양육자가 아이에게는 꼭 필요하다. 혼자 남은 아이는 아무도 상상할 수 없는 시간을 보낸다. 그 시간은 아이의 내면에 절대 사라지지 않는 깊은 자국을 남긴다.

*

　　하이데거는 지루함, 권태라는 기분을 분석하면서 기차역에서 기차를 기다리는 사람을 예로 들었다. 기차는 빨라야 네 시간 후에나 도착할 예정이다. 그는 기차 운행 시간표를 훑어보거나 기차역 주변 안내도를 살펴본다. 그러다 시계를 들여다본다. 겨우 15분 지났다. 기차역 주변을 이리저리 돌아다녀 보고 국도변의 나무들도 세어본다. 그리고 또 시계를 들여다본다. 겨우 5분 지났을 뿐이다. 하이데거는 이런 움직임을 가리켜 나풀대며 안절부절못한다고 표현했다. 기다리는 사람이 그렇게 된 이유는 시간이 있는 힘껏 꾸물거리기 때문이다. 그는 기차를 기다리며 시간을 죽인다. 시간이 몹시도 꾸물거리기 때문에 시간을 죽여버린다. 이 상황은 어떤 것에 의해 지루해지는 경우(1형태)이다.

　　하이데거는 어떤 것을 하면서 지루해하는 경우(2형태)도 있다고 이야기한다. 이를테면 저녁 초대에 간 사람이 그렇다. 그는 맛있는 음식을 즐기고 정겨운 담소를 나누며 유쾌하고 재미있는 시간을 보낸 후 집에 돌아와서는 사실 그 시간이 무척 지루했다고 생각한다. 왜 그럴까? 하이데거는 그 자리가 아무리 만족스러워도 그것이 우리가 본래 추구하는 것에는 상응하지 않기 때문이라고 말한다. 저녁 초대는 기분 전환의 일종인데, 그렇게 아무것도 추구하지 않으면서 본래의 자기 자신은 뒷전에 내버려두고 그 자리에 자신을 내맡겨두는 느긋함 속에서 공허감이 생긴다는 것이다. 과거와 미래는 미뤄두고 현재만 마주 대하고 있는 것, 즉 멈춰진 시간에 붙잡혀 있다는 점도 지루함을 부추긴다. 우리는 시간에 붙잡혀 공허에 방치된다.

하이데거가 말하는 권태의 세 번째 형태는 '아무튼 그냥 지루해'로 표현된다. 아무것도 원하지 않고 무엇이 어떻든 상관없는 상태에 빠진 사람은 존재자 전체를 휘감는 공허감을 단번에 느낀다. 1형태가 외부로부터 오고 2형태가 현존재로부터 피어오른다면 이 세 번째 형태의 권태는 어떠한 기분 전환도 가능하지 않은 인간의 근본 기분이다. 어느 순간 문득 '아무튼 그냥 지루해'라는 목소리가 우리 존재의 밑바닥으로부터 들려온다.

*

엄마는 내가 초등학교에 입학하던 해에 결국 사
표를 냈다. 이번엔 내가 학교에 가고 없는데 엄마는 집
에 있었다. 늘 그런 것은 아니었다. 집에 돌아왔는데 엄
마가 없으면 나는 배가 아팠다. 외출한 엄마가 해가 진
뒤에도 돌아오지 않을 때는 배도 아프고 머리도 아팠
다. 엄마가 돌아올 때까지는 집 안이 컴컴하고 모든 것
이 정지된다. 그럴 때마다 가장 두려운 것을 상상하게
된다. 영원히 엄마가 돌아오지 않는다. 집 안의 어둠 속
에서 모든 사물은 얼어붙는다. 형광등 불빛으로는 밝힐
수 없고 녹일 수 없는 영원하고 단단한 어둠과 추위가
나를 집어삼킨다. 배가 아프고 머리가 아프고 속이 울
렁거려서 괴로워 죽을 것 같은 순간에 엄마가 현관문을
열고 혜성처럼 나타난다. 그때를 떠올리면 혜성이 얼음
으로 이루어져 있다는 사실을 믿을 수가 없다. 얼음일
리가 없잖아.

그다음은 어땠는지 잘 기억나지 않는다. 드디어
엄마가 집에 돌아왔다는 사실만이 중요할 뿐 그 이후에

는 무슨 일이 일어났는지 알아차릴 수 없이 시간이 흘러갔던 것이 틀림없다.

누구나 예상할 수 있겠지만 그런 아이는 엄마가 집에 있을 때조차 마음이 불안하다. 점차 나이를 먹어 더는 엄마를 기다리지 않게 되고 오히려 엄마의 관심과 애정이 귀찮아지는 사춘기가 되었을 때 그 아이에게는 무슨 일이 일어나는지 아는가? 이번에도 내가 답을 드리겠다. 여전히 뭔가를 기다린다. 하교 시간을 기다린다. 일요일을 기다린다. 중간고사가 끝나기를 기다린다. 혼자 있을 수 있는 시간을 기다린다. 드디어 하교를 하고 일요일이 되고 중간고사가 끝나고 혼자가 되었을 때, 다시 또 뭔가를 기다리기 시작한다. '뭔가'는 정체를 알 수 없는 것이다. 뭘 기다리는지 알지도 못하면서 마음속엔 기다림뿐이다. 마음이 까치발을 들고 창밖을 내다본다.

태어나면서부터 뭔가를 기다리기만 하던 아이가 자라서 어른이 되면, 더는 아무것도 기다릴 것이 없는데도 그 마음은 기다림의 관성으로 달리고 정신은 도래할 뭔가를 지향한다. 지금 일어나고 있는 일을 알아채지 못한다. 커피 맛을 모르고 바람을 놓치고 계절을 잊는다. 그에게서는 지금이 지워진다. 그는 오로지 미래에 사로잡혀 있다.

모두들 아는 바와 같이 무언가를, 누군가를 기다리는 동안엔 시간이 지루하게 흘러간다. 나는 무료하고 심심하다. 모든 일이 시시하고 어떤 것도 의미가 희미해진다. 오로지 기다리는 대상만이 의미가 있고 중요하다. 하이데거는 권태가 인간의 근본 기분이라고 했지만 나의 근본 기분은 바로 이 기다림의 기분인 것처럼 느껴진다.

드디어 원하던 것이 오면 행복해지고 그 행복은 아주 짧은 순간만 지속된 후 금방 사라져버린다. 무엇이 오든 그것은 아직 오지 않았다.

마음이 어지러울 때마다 나는 생각한다. 나는 무엇을 기다리고 있는 걸까? 더 이상 기다릴 것이 없는데도 마음과 몸이 계속 뭔가를 기다리는 상태를 무엇이라 불러야 할까? 지루한 시간을 견디며 기다리고 기다리다 어느 순간 문득 기다리고 있는 대상의 자리가 텅 비어 있는 것을 알게 된다. 그 텅 빈 자리는 시간이 흐르면서 점차 구멍의 형태를 갖춘다. 그렇게 생겨난 구멍은 결국 자기 자신 안에 자리 잡은 후 더욱 견고하고 깊어진다. 너무 깊고 넓어서 무엇으로도 채울 수 없는 광활한 공동(空洞)이 된다.

*

늘 뭔가를 기다리는 사람은 평생 기차역에 앉아 있는 사람이다. 세상에 없는 기차를 기다리는 그는 그 어떤 기차도 타지 못한다. 그러니 기차를 타고 다른 세계로 가지도 못한다. 그의 일생은 결국 자기 세계를 벗어나지 못한 채 기차역 플랫폼에서 끝난다. 아무것도 기다리지 않는 시간이 내게 올까? 나는 그런 생각을 했다. 기차도 그 무엇도 기다리지 않고 정말이지 아무것도 기다리지 않는 시간이 오면 나는 기차역을 떠날 수 있을 것이다. 기차역을 떠나 다른 세계로 갈 것이다. 다른 세계로 가는 방법이 기차뿐은 아니니까. 그래서 나는 그 시간을 기다린다. 아무것도 기다리지 않는 시간을.

맨 뒷줄의 아이

버섯의 오른쪽 부분을 먹을까 왼쪽 부분을 먹을까는 무척 중요한 문제다. 이상한 나라의 앨리스에게는 특히 그랬다. 앨리스는 토끼 굴로 미끄러져 들어가 바닥에 당도했을 때 40센티미터 높이의 문을 보았다. 그 문을 열고 앨리스가 본 것은 아름다운 정원이었다. 앨리스가 여러 차례에 걸쳐 몸이 커졌다 작아졌다 했던 이유는 바로 이 아름다운 정원으로 나가고 싶어서였다. 앨리스는 '마셔라'라고 적힌 병에 있는 액체를 마신 후 키가 24센티미터가 되었다가 케이크를 먹고 270센티미터로 커졌다. 토끼의 부채로 부채질을 할 때마다 다시 몸이 줄어들더니 결국엔 자신이 거인이었을 때 흘렸던 눈물의 연못에 빠지고 말았다. 그러다 토끼의 집에 가서는 정체를 알 수 없는 유리병의 내용물을 마신 후 집채만큼 커져서 그 집을 빠져나올 수가 없었다. 버섯의 오른쪽 부분을 먹었을 때는 아주 빠르게 몸이 줄어들었고 왼쪽 부분을 먹자 다시 어마어마하게 커져버렸다. 목이 얼마나 길어졌던지 뱀처럼 어느 방향으로든 구부릴 수 있었다. 앨리스를 뱀이라고 생각한 비둘기는 알을 빼앗길까 봐 앨리스를 쫓아버리려고 소리를 질렀다. 앨리스는 자기가 절대 뱀이 아니며 자신도 정신없이 계속 변하고 있다고 대꾸했다. 넌 누구냐는 쐐기벌레의 물음에도 앨리스는 잘 모르겠다고 대답했다. 오늘 아침에 일어났을 때만 해도 자기가 누군지 알고 있었는데 여러 번 바뀌다 보니 이제는 자기도 모르겠다는 거였다.

*

나는 체중이 4.3킬로그램으로 태어났다. 너무

큰 갓난아기를 보고 놀란 사람들은 태어난 지 몇십 일은 된 아기 같다고 말했다. 나는 항상 또래보다 키가 큰 아이로 자랐다. 버스를 탈 때마다 엄마가 안내양과 입씨름을 했다. 그렇다. 과거에는 버스 안내양이라는 직업이 있었다. 안내양은 수상쩍다는 눈길로 나를 위아래로 훑어보고는 한눈에 딱 봐도 국민학생(초등학생)인데 왜 버스 요금을 안 내느냐고 따졌고 엄마는 얘는 아직 학교를 안 들어갔다고 대꾸했다. 이런 대화는 쉽게 끝나지 않고 몇 차례 옥신각신 주거니 받거니 하기 때문에 버스 안에 있는 모든 사람의 이목을 집중시켰다. 그러는 사이 나는 어딘가로 숨고 싶었다. 뱀 아니냐는 오해를 받은 앨리스가 나무들 사이로 몸을 웅크려 긴 목과 커다란 몸을 숨기고 싶었던 것처럼 말이다. 앨리스는 숨는 데 대체로 실패하는데 자꾸 목이 나뭇가지에 걸렸기 때문이다. 나도 큰 키와 긴 팔다리가 거추장스러웠다. 그런 일이 있을 때마다 잘못한 것도 없는데 잘못한 것 같은 기분이 들었다. 그런 소란이 일어나는 게 두려워 버스 타는 게 싫었다.

오빠의 초등학교 입학식 날 운동장에 늘어선 입

학생 대열 뒤편으로 가족들이 둘러서 있었다. 대열을 가로질러 뒤쪽으로 온 한 선생님이 내 앞에 와서 서더니 아직도 엄마 옆에 서 있으면 어쩌냐며 너도 얼른 줄을 서라고 말했다. 나는 여섯 살이라고 대답했다. 엄마가 겸연쩍은 웃음을 지으며 오빠 입학식에 온 거라고 말했다. 엄마는 왜 겸연쩍었던 것일까. 어딜 가도 세상은 다 나를 향해 뭔가 이상하며 어딘가 수상쩍다는 눈초리를 보내는 것 같았다. 그럴 때마다 엄마가 나를 창피하게 여기면 어떡하지, 그래서 다시는 외출할 때 나를 데리고 나가지 않으면 어쩌나 걱정이 되었다.

학교에 들어가고 나서는 큰 키 때문에 항상 맨 뒤에 섰고 교실에서는 맨 뒷줄에 앉았다. 교실 뒤쪽에 앉으면 교실 전체를 조망할 수 있다는 장점이 있다. 그러면 내가 그 세계의 일부로 느껴지기보다는 경계로 밀려 나와 그 세계의 내부를 들여다보는 시선을 갖게 된다. 그 과정은 몹시도 자연스러워서 내가 원래 그 세계의 일원이었다는 사실은 생각나지 않았다. 어딜 가도 나는 당연하고 자연스럽게 뒷자리를 찾았고 어느 집단에 가도 나는 아웃사이더가 될 재목이었다.

나는 달리기를 잘하는 어린이였고 운동신경이 좋은 편이라 체육 시간에 하는 웬만한 종목에서 대체로 우수한 성적을 냈다. 그러나 체육 시간을 좋아했던 적은 없다. 달리기를 좋아하지도 않았다. 나는 가만히 앉아 있는 것이 더 좋았다.

가을 운동회의 하이라이트이자 마지막 종목은 항상 반 대항 계주였다. 해마다 나는 반 대표 계주 선수가 되었다. 대체로 마지막 주자였고 종종 우승했다. 뒤지고 있다가 앞서가던 다른 반 아이를 따라잡아 역전에 성공하고는 결승선에 가장 먼저 들어가 반 아이들이 일제히 벌떡 일어나 환호성을 지르게 만들던 아이, 그게 바로 나였다.

우승 후 가쁜 숨을 몰아쉬면서 느끼는 기분도 꽤 좋은 것이었지만 내가 좀 더 좋아하는 것은 따로 있었다. 운동회 때 운동장에서 잘 보이는 교실 창문에 커다란 칠판을 점수판 삼아 걸어놓고 청군과 백군의 점수를 게시하는 것을 본 적이 있을 것이다. 6학년 때 내게 그 임무가 맡겨졌다. 점수판 옆에 앉아서 운동장을 구경하다가 점수 변동을 알려주는 아이가 다녀가면 점수를 고쳐서 게시했다. 내가 좋아하는 일은 그런 것이었다. 곳곳에서 모래 먼지가 피어올랐다 가라앉는 운동장에서 땀을 흘리며 직접 뛰기보다는 멀찍이 물러나서 보송보송한 얼굴로 가만히 앉아 구경하는 일 말이다. 나는 그것과 비슷한 삶을 동경했다.

토마스 만이 「토니오 크뢰거」에서 그려냈듯이, 모두들 웃고 떠들고 춤추고 있을 때 그들과 함께하는 대신 어둡고 구석진 자리에 우두커니 서서 그들의 말소리, 웃음소리를 가만히 듣고 있던 토니오 크뢰거가 느꼈던 감정, 그것이 바로 내게 익숙한 감정이었다. 토니오 크뢰거와 달리 나는 명랑한 그들을 동경하거나 그들 무리에 섞여들고 싶다는 생각을 하지는 않았다. 왜냐하면 중심부는 너무 밝고 환해서 눈이 부셨고 나의 기괴한 팔다리와 수줍은 정신이 있는 그대로 드러나는 게 부끄럽고 불편했기 때문이다. 나는 그저 그들을 가만히 바라보는 것이 재미있었고, 맨 뒷줄이, 가장자리와 구석진 자리가 내 자리라는 것을 일찌감치 알아보았다.

십 대 때부터는 그 자리에서 뭔가를 읽고 쓰기

시작했다. 교실 맨 뒷줄에서, 어떤 날엔 책상을 뒤쪽 벽으로 끌고 가 벽에 등을 붙이고 앉아서, 그렇게 나를 그 세계의 가장 끝자리에 앉히고서 책을 읽고 일기를 썼다. 그것 말고는 달리 할 게 없었다. 가족이 싫고 집이 싫고 학교가 싫고 세상이 싫었던 나는 그 모든 게 싫다는 이야기를 다양한 말로 쓰고 또 썼다. 그리고 그런 나 자신이 싫다고 또 썼다. 그러니까 나는 세상에 싫은 것 투성이라 글을 썼던 것 같다. 내 마음을 몰라주는 엄마와 싸우고 나서, 사소한 일로 오빠와 다투고 나서, 마음 맞는 친구가 없어 외로워서, 누군가 내게 말을 거는 게 싫어서, 만사가 귀찮고 세상이 시시해서 나는 노트에 그런 이야기를 썼다.

그러는 사이에도 나는 계속 자랐다. 어릴 때 자라던 속도로 계속 자랐다면 농구 선수를 해도 좋았을 만큼 키가 커졌을 것이다. 그러나 열여섯 살 무렵 나의 성장은 멈췄다. 그 이후로 나는 여성의 평균 키보다는 큰 편이지만 누가 봐도 다시 돌아볼 만큼 크지는 않은 사람이 되었다. 이렇게 된 이유는 이따금 토끼의 부채로 부채질을 했다는 것 말고는 나도 잘 모른다.

*

앨리스의 이야기는 정체성에 관한 놀라운 은유
다. 어느 날 낯선 세계로 굴러떨어진 존재는 그 세계를
탐색하는 과정에서 세계를 발견하는 동시에 자신을 발
견한다. 자신이 도착하기 전부터 이미 존재해온 세계,
자기보다 먼저 도착한 다른 존재들이 북적거리는 세계,
알 수 없는 것투성이의 불가해한 세계에 홀로 우두커니
서서 주위를 돌아보다 보면 결국 자기 자신을 돌아보
게 된다. 앨리스가 토끼 굴에 빠져서 체셔 고양이나 가
짜 거북, 모자 장수와 공작 부인 같은 이상한 존재들을
만나고 거기에서 벌어지는 기괴한 사건들을 경험하는
것처럼, 인간은 세상에 나와서 만나는 사람들이나 겪게
되는 많은 일들이 이해하기 어렵고 이치에 닿지 않으며
우스꽝스럽다는 것을 경험한다. 그런 식으로 자신이 도
착한 세계를 알아간다. 자기가 누군지도 모른 채 그곳
에 도착해 차츰 자신의 정체성을 찾아간다. 세계의 모
양에 맞춰 자신을 찌그러뜨리거나 억지로 잡아 늘여서
그곳에서 살아가기 위해 분투한다. 어느 순간에는 딱

맞아떨어지는 때가 와서 세계와 일체감을 느끼기도 하겠지만 세계도 자신도 끊임없이 변화하기 때문에 그 상태가 지속되기 어렵다. 그 상태가 지속되더라도 거대한 무언가에 바듯하게 끼여 있는 것 같은 답답함이 느껴져 다시 괴로워지기도 한다. 그렇다면 존재는 이 세계에서 어떻게 해도 결국에는 괴롭고 고통스러울 수밖에 없는 것일까? 토니오 크뢰거가 줄곧 구석진 자리에서 지켜본 중심부의 삶도 그런 게 아닐까? 중심부의 삶을 살아내고 있는 각각의 존재들도 사실은 모두 스스로를 국외자라고 느끼면서 겉으로만 웃고 떠들고 있는 것은 아닐까?

앨리스는 우여곡절 끝에 다시 그 작은 문 앞에 이르렀다. 버섯을 먹고 문 크기에 키를 맞출 수 있었다. 드디어 아름다운 정원으로 들어설 수 있게 된 것이다. 그러나 앨리스가 그토록 들어가보고 싶었던 아름다운 정원에서 마주친 것은 사람들 목 베는 걸 좋아하는 하트여왕이었고 규칙도 엉망진창인 이상한 크로케 경기였으며 동물 배심원단이 앉아 있는 혼란스러운 재판정이었다. 결국 하트여왕이 앨리스의 목을 베라고 명령했다. 겁에 질린 앨리스는 당신들은 카드 뭉치에 불과하다고 소리쳤다. 그러자 카드들이 모두 공중으로 솟구쳤다가 앨리스에게 쏟아져 내렸다. 그 순간 앨리스는 꿈에서 깨어날 수 있었는데, 내 꿈은 언제 깰지 모르겠다.

*

몸이 자꾸만 커져서 토끼의 집에 끼어버렸을 때 앨리스는 자신에게 잘 맞지 않는 세계에서 사느라 고통받는 사람의 창백한 얼굴을 하고 있었다. 앨리스는 한쪽 팔꿈치를 문에 기대고 누워 팔 하나는 창문 밖으로 내밀고 발 하나는 굴뚝 속에 집어넣고 나서야 간신히 버틸 수 있었다. 그렇게 된 것이 불행하다고 느끼면서도 한편으로는 자신이 흥미로운 인생을 살고 있다고 생각했다. 토끼 굴에 뛰어든 것은 후회스럽지만 현실에서는 절대로 일어나지 않는 일들을 겪고 있으므로 자신에 대해서 책이라도 쓸 수 있을 것 같았다. 그래서 앨리스는 어른이 되면 꼭 책을 쓸 거라고 다짐한다. 당신은 지금 그 책을 읽고 계신다.

그때 나는 누구였을까

　　그 병원은 오래전 자주 다니던 길가에 있었다.
어린 시절 살았던 동네에서 가장 큰 종합병원이었다.
서울로 이사 와서 처음 가본 병원도 그 병원이었다. 열
한 살 때는 안경을 새로 맞추느라 안과에 갔고 고3 때
는 스트레스로 인한 턱관절 통증 때문에 구강외과에 갔
다. 재수생이던 오빠가 며칠 입원한 적도 있고 어머니
는 이런저런 질환으로 꾸준히 이런저런 진료과에 다녔
다. 우리 집에 와서 지내시던 시어머니가 실려 갔던 응
급실노 그 병원 응급실이었고 동네의 이웃 사람이나 이
웃의 가족이 죽었을 때도 그 병원 장례식장으로 문상을

갔다.

　내가 다녔던 고등학교도 그 병원 근처에 있었다. 가끔 교실에 앉아 있는 것이 너무 견디기 힘든 날에는 조퇴를 하고 고속버스터미널에 가서 승강장 벤치에 앉아 대전으로 경주로 부산으로 떠나는 사람들과 버스를 구경하곤 했다. 학교에서 터미널까지 걸어가려면 꼭 그 병원 앞을 지나가야 했다. 자주 드나들던 국립중앙도서관도 그 병원 길 건너에 있었다. 급기야 나는 결혼 후 그 병원 건너편에 아파트를 얻어 살게 되었다. 병원에 입원하기 몇 달 전에 이사를 들어가서 퇴원하고 몇 달 후에 이사를 나왔다. 나는 마치 그 병원 근처를 맴돌다 결국 그 병원에서 죽게 된다는 이야기였을까?

　병원에서 퇴원해 집으로 돌아온 것은 입원한 지 한 달 반이 지난 후였다. 입원하기 전 마지막으로 쓴 일기를 본 나는 무척 놀랐다. "우리는 모두 병원의 낡은 침대 위에서 누추하게 죽어가지만 누구나 아름다운 죽음을 꿈꾼다"라고 적혀 있었다. 팀 버튼의 영화 〈빅 피시〉를 보고 쓴 일기였다. 입원하기 며칠 전에 그것을 쓸 때만 해도 나는 내가 아픈 줄도 몰랐고 병원에 갈 줄도 몰랐고 더더구나 병원에서 죽음과 만나고 올 줄도 몰랐다.

*

병원 응급실에 간 것은 어느 여름날이었다. 전
날엔 시어머니 사십구재라 가족들과 안성 천주교 공원
묘지에 다녀왔다. 하루 종일 무더웠고 먼 길을 다녀와
서 피곤했다. 두통이 심했지만 자주 있는 일이라 그러
려니 했다. 밤새 땀을 흘리며 여러 번 깼다. 처음엔 더
워서 땀이 나는 줄 알았다. 혹시나 싶어서 체온계를 찾
았다. 38도였다. 곤하게 자고 있는 여름씨를 깨우기가
싫어 잠을 청하려고 애썼다. 자고 일어나면 괜찮겠지
싶었다. 그러다 열이 많이 나는 게 덜컥 무서워져 결국
여름씨를 깨웠다. 새벽 5시쯤이었다. 그는 부스스한 몰
골로 일어나 직접 체온을 재보더니 얼른 응급실에 가자
고 했다. 평소라면 걸어갈 수 있는 거리였지만 나는 속
이 부대끼고 기운이 없었다. 대충 세수를 하고 옷을 갈
아입고 서늘한 새벽 공기에 살갗이 쓰라리다고 느끼며
차에 올라탔던 기억까지는 모두 생생하다. 그러나 병원

에 도착한 이후의 일들은 드문드문 몇 개의 장면만이 기억에 남아 있다. 돌이켜보면 기억은 아마 이 시점부터 무너지기 시작한 것 같다.

문진표를 작성하며 흡연 여부 항목에 체크했던 것, 구토가 치밀어서 화장실을 들락거리며 변기에 머리를 대고 헛구역질만 하다가 결국엔 토하기도 했던 것, 모로 누워 요추천자 검사(뇌척수액 검사)를 한 후 꼼짝하지 말고 누워만 있으라고 해서 괴로웠던 것, 언제 오셨는지 엄마가 자꾸 나더러 움직이면 안 된다고 말했던 것 등이 생각난다. 그 이후의 일들은 모두 다른 가족들로부터 듣고 재구성한 기억이다. 여러 사람에게 여러 번 듣다 보니 실제로 내가 다 겪어서 기억하는 일처럼 느껴졌다. 물론 그것은 실제로 내가 다 겪은 일이다.

그날 오후 입원실로 올라갔다. 다음 날엔 상태가 호전되었다고 한다. 담당 의사는 뇌수막염을 의심했다. 뇌수막염은 뇌를 둘러싼 막에 염증이 생기는 질환으로 그 원인이 무엇이든 뇌수막에 염증이 심해지면 뇌내 압력이 높아지는데 뇌척수액을 뽑는 것만으로도 뇌

압이 낮아져 상태가 호전되기도 한다. 실제로 나도 요추천자 검사 후 상태가 좋아졌고 사나흘 후에는 퇴원할 수 있을 것이라는 말까지 들었다. 병문안 왔던 친구의 말에 따르면 내가 침대에 앉아 신문을 보고 있어서 꾀병 아니냐고 놀렸을 정도로 나는 멀쩡해 보였다고 한다. 이런 말을 들으면 침대에 앉아 신문을 활짝 펼쳐놓고 고개를 숙여 신문을 들여다보는 내 모습과 병실로 들어서며 "뭐예요, 아프다더니 다 꾀병이잖아"라고 말하며 웃는 친구의 얼굴이 그려진다. 내 기억은 이런 식으로 재구성되었다.

나는 곧 다시 상태가 나빠졌다. 밥도 잘 먹지 않고 약도 먹지 않으려고 했다. 나중에 알게 됐지만 목 주변 근육에 문제가 생겨 뭘 삼킬 수가 없었던 것이다. 약을 먹지 않으니 상태는 더욱 급격하게 나빠졌다. 여름 씨는 일하러 가야 했기 때문에 밤에만 와서 잤고 낮에는 마침 여름방학이라 시간 여유가 있던 오빠네 부부와 부모님이 번갈아 내 곁을 지키고 있었다. 내 표정과 말과 행동에서 평소와 다른 점을 가장 먼저 발견한 사람은 어머니였다. 간호사들은 내가 화를 내고 있는 줄 알았다고 했지만 어머니가 보기엔 그렇지 않았다. 내가 다른 사람 같았다고 한다. 내 표정은 전에는 본 적 없는 낯설고 이상한 것이었고, 입을 꾹 다문 채 아무런 말도 없이 어머니에게 쌀쌀맞게 굴었다고 한다. 다른 사람 같았던 그때의 나는 누구였을까?

나는 6인실에 입원해 있었는데 병실 입구에 있던 공용 세면대 앞으로 가서 환자복 하의를 내리곤 소변을 보려고 했다. 요의가 느껴지지만 소변이 잘 나오지 않아 계속 화장실에 가고 싶어 했고 급기야 세면대를 변기로 착각한 것 같았다. 나의 이상행동이 계속되자 어머니는 뭔가 크게 잘못됐다는 것을 깨달았다. 어머니는 간호사 스테이션으로 가서 조치를 요구했다. 음식을 먹지 못하면 콧줄을 끼워서라도 영양을 공급해야 할 게 아니냐, 약을 못 먹으면 주사라도 놓아달라, 지금 소변을 못 봐서 저렇게 괴로워하는데 도뇨관을 삽입해야 하는 것은 아닌지 담당 선생님께 확인해달라. 그제야 담당 의사에게 연락이 됐고 나는 곧 몸에 여러 가지 튜브를 주렁주렁 달게 되었다.

나는 그날 병실에서 쫓겨나다시피 간호사 스테

이션 옆 처치실로 옮겨졌다. 내가 몸에 연결된 각종 튜브를 자꾸 잡아 뽑는 통에 침상에 팔다리를 결박했고, 그러자 결박당한 한 마리 짐승이 욕설과 괴성을 쏟아내며 묶인 것을 풀라고 고래고래 소리를 질러댔기 때문이다. 가족들은 내가 그렇게 욕을 잘하는 사람인 줄 처음 알았다고 한다. 인지 장애가 분명하게 드러난 것도 그 무렵이었다. 사람을 알아보지 못하기 시작했다. 어머니도 아버지도 오빠도 알아보지 못했다. 내가 유일하게 알아본 사람은 여름씨뿐이었다. 흥분해서 소리를 지르다가도 여름씨가 내 가슴을 천천히 쓸어내리며 다 괜찮다고 소곤소곤 말하면 조금 진정이 됐다고 한다. 내가 욕뿐만 아니라 발차기를 잘하는 사람이라는 사실도 곧 밝혀졌다. 한번은 도뇨관을 삽입하던 인턴 선생을 발로 걷어차서 여러 사람이 내 팔다리에 달라붙어 힘으로 내리누르고 나서야 관을 삽입할 수 있었다. 그때 삼촌은 급소를 걷어차이기도 했다.

　　가족을 알아보지 못하고 갖은 욕설을 내뱉으며 괴성을 지르던 사람은 누구였을까? 의료진에게 발길질을 해대고 침상에 팔다리가 묶인 채 몸부림을 치던 그 사람은 누구였을까? 나는 모른다. 그때의 기억이 하나도 남아 있지 않다. 그때의 나를 기억하는 사람은 내 가족과 봉변을 당한 의료진과 같은 병실의 환자와 보호자들이다.

*

인간의 지각, 운동, 언어 같은 활동은 그것이 작동하는 과정 하나하나를 의식하지 않는 사이에도 매우 매끄럽게 이루어지기 때문에 당연하고 자연스러운 것으로 받아들여지지만, 어느 날 그중 하나라도 제대로 작동하지 않는 사태가 발생하면 낯설고 이상하고 고통스러운 신세계가 열린다. 신경과 전문의 올리버 색스는 자신이 만난 환자들의 이야기를 들려줌으로써 그 세계를 자세히 보여주었다. 뇌염후증후군 환자들과 함께했던 경험을 쓴 책 『깨어남』을 비롯해 『화성의 인류학자』와 『아내를 모자로 착각한 남자』 등에서 다양한 환자들을 만날 수 있다. 교통사고로, 뇌종양으로, 건설 현장에서 일어난 사고 등으로 뇌손상을 입은 환자들이 시력

상실, 인지 장애, 기억 상실 등을 겪는다. 나는 특히 전두엽 손상으로 기존의 정체성이 사라지고 성격이 변화한 사례에 관심이 갔다. 철도 건설 현장에서 사고를 당한 피니어스 게이지라는 사람은 전과 달리 변덕스럽고 무례해졌고 상스러운 욕을 해대며 종종 화가 폭발했다. 그를 아는 사람들은 그가 게이지가 아닌 것 같다고 말할 정도로 그는 전혀 다른 인물로 변해버렸다. 올리버 색스는 전두엽을 다치면 짐승이나 어린아이처럼 감정을 분출하는 일종의 탈억제 현상이 벌어지는 것이라고 추정했다. 피니어스 게이지는 뇌과학자 디크 스왑이 쓴 『우리는 우리 뇌다』라는 책에도 등장한다. 인간의 도덕성을 다루는 장에서 이 케이스를 예로 들었다. 게이지는 전전두피질에 손상을 입은 것으로 보였다. 전전두피질은 작업의 계획을 수립하고 사회적 규범을 잘 따르도록 하며 충동적이고 이기적인 반응을 억제해서 도덕의식이 작동하도록 만드는 부위이다. 다른 종에 비해 인간에게 특히 발달한 이 부위에 손상을 입으면 인간은 이전과 전혀 다른 사람이 될 수 있다.

병원에 있는 동안 나는 뇌 MRI 검사를 세 번 했

고 CT 촬영을 두 번 했다. 내 뇌를 들여다본 사람들이 몹시 부럽다. 나도 시끄러운 원통형 검사 장비에서 나와 모니터 화면에서 MRI 사진 속 나의 뇌를 봤으면 좋았을 텐데. 흑백사진 속 음영을 짚으며 내 뇌를 자세히 들여다보고 싶다. 내 뇌는 어떻게 생겼을까? 1.5킬로그램 정도의 무게에 천억 개나 되는 신경세포가 들어 있는 나의 뇌 주름마다 무슨 일이 일어나고 있었을까?

두개골 안쪽에 쏙 들어가도록 잘 접혀 있는 주름진 뇌 안에서 일어나는 일들에 관한 책을 읽을 때마다 그것이 내 안에서 일어나는 일 같지 않고 아주 먼 우주 어딘가에서 벌어지고 있는 일처럼 생각되곤 한다. 무엇보다 뉴런들이 물리적으로 직접 닿아 있지 않고 시냅스라는 좁은 틈을 사이에 두고 떨어져 있으면서 신경 전달 물질을 주고받으며 일하고 있다는 점은 무척 아름답게 느껴진다. 내가 뭔가를 보거나 들을 때마다 뭔가를 느끼거나 생각할 때마다 눈에 보이지도 않는 무수히 많은 미세 물질들이 나의 뇌 안에서 반짝거리는 것 같아서 나 자신이 무수히 많은 별빛이 반짝이는 캄캄한 우주가 된 것 같다. 그런데 그 캄캄한 우주에 비상사태가 발생했다. 초신성이 폭발하고 무시무시한 속도로 행성들이 충돌하고 충돌 후 발생한 부산물들 사이로 나는 무력하게 둥둥 떠다니고 있다. 아주 많은 시간이 지나간 뒤에 아팠던 때를 생각하면 그런 이미지가 떠오른다.

　　내 뇌의 문제는 여러 가지 증상으로 나타났다. 인지 장애 및 성격 변화와 함께 경부 근육 마비, 호흡 곤란, 단속적인 팔다리 경련 등이 계속됐다. 의식이 없는데도 눈꺼풀이 닫히지 않아서 각막이 손상될 수도 있다고 했다. 담당 레지던트는 이런 모든 증상을 고려했을 때 치사율이 50퍼센트 정도이며 살아남더라도 대부분 예후가 좋지 않아 손상된 뇌 부위에 따라 청각 장애, 시각 장애, 인지 장애 등이 남을 수 있다고 했다.

　　50퍼센트의 치사율이라면 삶과 죽음의 정가운데였다. 그런 굉장한 갈림길에, 서 있는 것도 아니고 누워 있는 나를 떠올려본다. 역시 나는 누워 있는 것을 좋아하는 사람이었구나. 나는 숫기가 없고 부끄러움을 잘 타는 사람이고 해야 할 말을 제때 못해 집에 와서 후회하는 사람이었는데, 갈림길 한복판에 누워 세상을 다

부술 것처럼 팔다리를 휘저으며 소리를 질러대고 있었구나. 나는 세상을 너무 조심조심 살아서 무슨 일에서도 팔을 끝까지 못 뻗은 사람이었는데, 삶과 죽음의 경계에서 숨을 헐떡이며 사람들에게 발길질을 해대고 있었구나.

야, 정신 차려. 아마 지금의 내가 그때의 나를 만날 수 있다면 이렇게 말했을 것이다. 내가 나 자신에게 종종 하는 말처럼 말이다. 그치만 그 사람은 내 말을 못 알아들었을 것이다. 그 사람은 누구였을까. 내 주변 사람들은 모두 그를 만났는데 정작 나만 만나보지 못했다.

어쩌면 나는 그때까지도 영혼이라는 비물질적 실재를 조금이나마 믿고 있었는지 모르겠다. 인간의 정신이 뇌의 전기-화학적 작용에 의한 것이라는 것을 알고 있으면서도 영혼의 존재를 완전히 부인하지는 못했다. 그러나 그때 이후로 나는 영혼을 더는 믿지 않게 되었다. 인지과학자 마빈 민스키의 말대로 정신이란 그저 뇌가 하는 일을 가리킬 뿐이다.

*

　결국 나는 중환자실로 옮겨졌다. 중환자실에서 잠깐씩 의식이 돌아와 깨어 있을 때면 침상 맞은편에 서 있는 수납장 여닫이문 표면의 무늬를 바라보곤 했다. 파도 문양이었던가 넝쿨 문양이었던가 정확히 기억나지는 않는데, 그것을 손가락으로 더듬듯 눈으로 천천히 문양의 선을 따라 이쪽 끝에서 저쪽 끝까지 오가기를 반복했다.

　그곳에서 나는 잠을 많이 잤다. 자는 줄도 모르고 잤기 때문에 잠을 푹 잘 수 있어서 무척 좋았다거나 편했다거나 개운했다거나 하지는 않았다. 신기하게도 나라는 의식이 별로 들지 않았던 것으로 기억된다. 평소였다면 '여기는 어디지? 내가 왜 여기 있지? 언제까지 있어야 하지? 내 상태가 여기에 올 정도로 나빴나? 여름씨는 어디 있지? 엄청 걱정하고 있을 텐데. 엄마는? 가족들은? 이게 다 뭐야?' 같은 생각들이 폭풍처럼 밀려와 머릿속이 복잡하고 마음이 어지러웠을 텐데, 거짓말처럼 나는 그런 생각을 전혀 하지 않았다. 나는 누군가 옮겨 심어놓은 식물처럼 가만히 침상에 붙박여 잠을 자거나 파도 문양인지 넝쿨 문양인지를 따라 시선을 옮기거나 옆 침상에 누운 환자의 밭은 숨소리를 듣거나 했다. 그리고 이따금 멀리에서 들려오는 듯한 희미한 음악 소리를 들었다.

　　보호자 면회 시간에 어머니와 여름씨가 면회용 가운을 입고 나를 찾아왔다. 허벅지까지 내려오는 겨자색 가운이었던 걸로 기억한다. 나는 그것이 해리포터에 나오는 마법사들의 옷 같다며 나도 입고 싶다고 말했다. 보온 도시락에 싸 온 음식은 게살이었는데, 원형 플라스틱 통에 잘 발라진 따뜻한 게살이 들어 있었다. 우와 이게 무슨 호강이냐고 말하며 내가 힘없이 웃었다고 한다. 그때 두 사람의 마음이 어땠을지 나는 짐작도 할 수 없다.

　　내가 중환자실에 있는 동안 여름씨는 보호자 대기실에서 잠깐씩 눈을 붙이곤 했다. 그곳에는 전화기가 한 대 있었는데 낮밤을 가리지 않고 한번씩 울려대며 누군가의 보호자를 호출했다. 전화벨이 울리면 처음엔 아무도 받지 않았다고 한다. 다들 잠도 제대로 못 자고 지칠 대로 지쳐 선잠이 들었다가도 전화벨 소리가 울리면 금방 깨어나지만 모두 자신을 부르는 소리가 아닐 거라고 애써 부인하며 벨소리를 외면한다. 벨소리가 반복되면 대기실 안의 공기는 긴장감으로 부풀어 올라 곧 터질 것 같은 상태가 되고 더는 그것을 참지 못한 누군가가 전화를 받는다. 호명된 환자의 보호자가 전화를 건네받으면 나머지 사람들은 안도의 한숨을 내쉬며 돌아눕는다. 한껏 부풀었던 공기는 일순간 가라앉는다. 그 가운데 누군가는 당첨될 수밖에 없는 불행의 뽑기 시간이 지나가고 나면 다시 기나긴 대기 시간이 시작되는 것이다.

긴급하게 호출될 때를 대비해 기다리고 있지만 아무도 자신이 호출되기를 기다리지는 않는 이상한 시간이 흐르는 곳이 바로 중환자 보호자 대기실이다. 그곳의 공기는 견디기 어려운 것이었다고 한다. 기다리는 것 말고는 할 수 있는 게 아무것도 없는 사람들이 내뿜는 무력감과 언제 호출받을지 모른다는 불안감이 가득했다. 며칠씩 제대로 씻지도 못한 듯한 몰골과 초조함에 다 타버린 것 같은 눈빛을 계속 마주하기란 쉽지 않앞을 것이다. 그런데도 여름씨는 그곳을 떠날 수 없었다고 했다. 큰길 하나만 건너면 우리 두 사람이 살던 집이 있었지만 캄캄한 밤길을 타박타박 걸어가서 내가 없는 빈집에 들어가 편히 누워 잘 수가 없었다고, 나를 병원 중환자실에 남겨두고 자기 혼자 돌아갈 수는 없었다고 했다. 집은 그런 곳이 아니지 않느냐고.

*

〈빅 피시〉에 나오는 마녀는 마을 외곽 늪지대에 있는 으스스하게 생긴 집에 혼자 살고 있었는데 그녀가 사람을 비누로 만들어버린다는 소문이 있었다. 그녀의 한쪽 눈은 마법의 유리구슬로 만들어진 유리눈이었다. 그 유리눈을 들여다보면 자신의 마지막 모습, 그러니까 자기가 죽는 순간의 모습을 볼 수 있다는 소문도 있었다. 어느 날 밤 아이들은 마녀를 찾아가 그 유리눈 속에서 보았다. 어떤 아이는 늙어서 전등을 고치다 사다리에서 떨어져 죽는 모습을 보았고 어떤 아이는 아직 젊은 나이인데 화장실 변기에 앉아 심장마비로 죽는 모습을 보았다. 내가 마녀를 만났다면 그녀의 눈동자에서 어떤 모습을 보았을까. 분명히 서른세 살의 내가 병원 침대에 누워 있는 모습은 아니었을 것이다. 나는 병원에서 살아서 돌아왔으니까. 내가 자주 드나들던 병원, 내가 자주 그 앞을 지나다니던 그 병원은 내가 죽을 곳이 아니었다.

검은 고양이 만세

검은 고양이는 달렸다. 날쌔게 달렸다. 윤기 나는 검은 털이 근육의 움직임에 따라 이리저리 반짝였다. 2주 넘게 누워만 있던 나는 검은 고양이를 따라잡을 수 없었다. 달리기를 멈추고 속도를 줄여 천천히 걷던 녀석이 나를 자꾸 돌아보았다. 나는 침상에서 내려와 비틀거리는 몸의 균형을 잡고 한 발 한 발 내디뎠다. 그리고 곧 검은 고양이를 따라갔다.

＊

　죽음 쪽으로 성큼성큼 뛰어가던 내 몸은 어느 때부터 삶 쪽으로 방향을 선회했을까? 그것은 알 수 없는 일. 인간은 자신의 몸에서 일어나는 일을 알지 못한다. 호르몬의 변화, 혈당의 변화 같은 것은 물론이고, 어느 날 생겨난 암세포가 서서히 자라나고 있는 것도 알지 못한다. 다만 알아챌 수 있는 증상으로 드러나는 때가 되어서야 알 수 있다. 내 몸에 결핵균이 잠복하고 있다가 어느 순간 발병했고 그것이 나를 쓰러뜨렸다. 그리고 쓰러졌던 내 몸은 정신을 차리고 일어나려고 애쓰기 시작했다. 그럴 때 내 몸 안에서 무슨 일이 일어나고 있는지 나는 알지 못한다.

　내가 앓았던 병이 진짜 결핵이었을까? 1년 6개월간 결핵약을 먹는 동안 내가 정말로 결핵 환자인지 자주 의심했다. 뇌수막염의 원인은 대체로 세 가지가 있는데, 바이러스성, 세균성, 결핵성이 그것이다. 보통은 앞의 두 가지 치료에도 호전되지 않을 때 결핵약으로 치료한다고 들었다. 물론 내 몸에서 채취한 검체(뇌척수액)를 배양하는 과정이 없었던 것은 아니다. 결핵균은 매우 천천히 자라고 증식하기 때문에 균 배양에 보통 8주 정도 걸리는데 그동안 손놓고 있을 수는 없으므로 일단 결핵으로 간주하고 결핵약을 투여한다. 그런데 8주 후에 나온 결과에 따르면 나의 검체에서는 결핵균이 발견되지 않았다. 폐결핵과 달리 폐외결핵의 경우 검사 민감도가 낮은 편이라 실제로 결핵균이 배양되지 않기도 한다는 설명을 들었다. 그렇다고 결핵약을 먹지 않을 수는 없었다. 이미 다른 치료는 효과를 보지 못했다. 결핵이라고 확진할 수는 없지만 결핵이 아니라고 확정된 것도 아니었다.

다행히 결핵약이 효과를 나타냈다. 몇 가지 수치들이 이제 그만 중환자실을 나가도 좋다고 말해주었을 것이다. 일반 병실로 돌아온 후에도 내 상태는 줄곧 불안정했다. 처음 중환자실에서 돌아왔을 때는 그대로 차츰 회복되어 병원을 나갈 수 있으리라 기대할 수 있었을 것이다. 그러나 두 번째로 중환자실에 갔다가 돌아왔을 때는 그런 기대가 쉽지 않았다. 두 번째가 있었다는 것은 세 번째도 있을 수 있다는 뜻이었다.

가족들은 얇은 수첩을 마련해 기록을 시작했다. 몇 시 몇 분에 무엇을 얼마나 먹었는지, 얼마나 배설했는지를 적었고, 일정한 시간 간격으로 간호사가 재가는 혈압, 맥박, 체온 등의 각종 수치들, 혈관과 근육에 주입하는 주사제의 종류와 양, 회진하러 온 담당 의사가 하는 말과 그를 따라온 한 무리의 레지던트와 인턴 들에게 내리는 지시들, 그리고 환자의 몸과 의식에 나타나는 상태 변화 같은 것들을 모두 적었다. 나중에는 내가 먹은 음식의 양을 확인하러 온 간호사도 수첩을 보고 적어 갈 정도로 죽 1/2그릇, 요구르트 80그램, 바나나 반 개 하는 식으로 모든 것이 꼼꼼하게 적혀 있었다. 작성자의 필체는 총 다섯 종류였다. 여름씨, 부모님, 오빠네 부부. 그들은 수첩을 통해 내 상태를 전달하고 전달받으며 나를 보살폈고 각자 자기 몫의 시간을 견뎠다.

항생제, 항바이러스제, 항균제, 뇌압강하제, 혈전용해제, 위보호제 등이 입으로 혈관으로 근육으로 엄청나게 투하되었다. 그렇게 쏟아부어진 약제들이 내 몸 안에서 질병균과 사투를 벌였다. 그리고 어느 날 문득 나는 회복되기 시작했다. 중환자실행 두 번을 끝으로 일반 병실로 옮겨진 후 며칠간은 의식이 처지는 경우가 종종 있었지만 회복세는 뚜렷했다. 몸 여기저기의 미세한 경련도 나를 계속 들여다보고 있던 여름씨만 알아보는 정도였다.

병실 텔레비전에서 낮 동안에는 아테네 올림픽 경기 중계방송이 시끌시끌했고 저녁에는 드라마와 뉴스가 흘러나왔다. 의식이 들어왔다 나갔다 하는 동안 텔레비전 소리도 내 귀를 들락거렸다. 어느 날 저녁에는 내가 답답해서 오빠가 나를 휠체어에 앉혀 병동 1층 로비에 가기도 했다. 어두운 창밖을 내다보며 여름씨를 기다렸던 일이 어렴풋하게 기억난다. 창밖에 택시 승강장이 보였는데 환자복을 입은 사람이 담배를 피우고 있었다. 이따금 헤드라이트를 번쩍이며 택시가 들어와 사람들을 내려놓고 나갔다. 택시에서 내린 사람이 여름씨인지 아닌지 유심히 살펴보았다. 여름씨는 택시를 타고 오지 않을 터인데 나는 그때 그런 논리적인 생각을 할 줄 모르는 사람이었다. 수첩에 따르면 나는 그때 다시 의식이 처지기 시작해 병실로 올라왔다.

여름씨의 메모

"새벽과 아침 일찍 혼미한 의식 상태 보임. 매우 지
치고 힘든 상태. 아침 식사 후부터는 의식이 맑아
짐. 아침 식사 후 잠든 사이 입술 주변 및 어깨, 팔
다리, 발끝 부분에 경련이 있음."

"오후 9시 권○○ 선생님 회진. 소변줄 다시 끼우
고 처방. 간 수치 변화로 약 조정. 선잠 들 때 단속
적 경련 현상 말씀드림."

어머니의 메모

"4시 화장실 가고 싶다고 하여 대변 보고 왔음(걸
어서). 와서 비누로 손 씻고."

"4시 25분 (압박) 타이츠 혼자 신었음(엄마가 조금
도와주었음)."

"어제부터 핸드폰 문자를 확인하기 시작했음."

"5시 2층 원목실과 1층 성당에 들러 옴."

"5시 15분 식사 전 약 먹었고, 약간의 미열이 있음."

"5시 20분 비뇨기과 유○○ 선생님 오셨다 감."

어느 날 새벽에 평소보다 체온이 좀 높아서, 많이 높아진 것도 아니고 1.5도 정도 높아져서 응급실에 간 것뿐인데, 그것으로 모든 일상이 중단되었다. 내 책상에는 읽다 만 책과 쓰다 만 노트가 남았고, 노트에는 아직 끝내지 못한 글이 남아 있었다. 늘 내 머릿속 한편에 달라붙어 있던 이런저런 모든 걱정거리가 일순에 무의미해졌다. 나는 한참 동안 죽음 앞에 누워 있다 일어나기 시작했다. (걸어서) 화장실에 다녀와서 비누로 손을 씻고 압박 타이츠를 (엄마가 조금 도와주었지만) 혼자신은 것이 따로 적어놓을 만큼 중요한 일이 되었다. 어느덧 휴대폰 문자를 확인할 수도 있고 말이다.

나는 뺄셈도 할 수 있게 되었다. 아침 회진 때 담당 의사가 내게 물었다.

"100 빼기 3은 얼마죠?"

나는 머뭇거렸다. 선생님 뒤로 반원을 그리며 서 있던 인턴, 레지던트들이 모두 나를 쳐다보고 있었다. 다음 날 선생님은 또 물었다. 나는 미리 연습해두었으므로 자신 있게 대답했다.

"97이요."

"그럼 계속 3씩 빼보세요."

나는 또 대답을 못 했다. 둘러선 반원에서는 아무런 반응도 없었는데 나는 괜히 얼굴이 빨개지는 것 같았다. 다음 날 회진 시간을 기다리며 나는 뺄셈을 연습했다. 그리고 의기양양하게 대답했다.

"97, 94, 91, 88, 85……."

"네, 됐고요. 그럼 100 빼기 7은 얼마일까요?"

하아! 선생님 너무 얄미우세요. 나는 다음 날 93이라는 답뿐만 아니라 7씩 빼는 것도 연습해서 정확하게 대답했다. 뺄셈 공부는 그렇게 끝났다.

*

담당 레지던트는 내가 회복하는 동안 하루에도

몇 번씩 나를 들여다보았다. 그는 입원 초기에 나에게 요추천자 검사를 하면서 졸았었다. 늘 잠이 부족하고 격무에 시달리는 레지던트가 환자의 척추에 가느다란 관을 꽂아놓고 너무도 느리게 똑똑 떨어지는 뇌척수액을 받아야만 하는 그 지루한 시간 동안 졸지 않기란 어려웠을 것이다.

그가 내 의식 상태를 체크하는 방법은 어떤 단어를 따라 발음해보게 하는 것이었다. 수첩에 따르면 그 단어는 '검은 고양이'였다.

"환자분, 따라해보세요. 검-은-고-양-이."

의식이 선명하지 못했던 나는 검은 고양이를 따라할 수 없었다. 고양이는 예쁘고 고양이는 귀엽고 고양이는 그 자체로 완벽하게 아름다운 생명체인데 나는 녀석을 따라갈 수가 없었다. 말을 처음 배우는 아기처럼 그때 나는 있는 힘을 다해 검-은-고-양-이를 배웠다. 그리고 어느 날엔가는 검은 고양이가 어제보다 좋아졌다는 평가가 수첩에 적혔다. 그걸 보면 어쩐지 이렇게 외쳐야 할 것 같은 기분이다. 검은 고양이 만세!

기억의 나무

　　내 안에는 한 권의 공책이 있어서 나는 거기에 매일 쓴다. 사실 내가 쓴다기보다는 내가 데리고 있는 수백억 개의 뉴런들이 쓴다. 공책은 점차 책으로 변해가는 중이다. 공책을 모두 채워 빈 곳이 하나도 남지 않으면 그때가 바로 책이 완성되는 때이다. 책의 제목은 '기억'. 해가 바뀔 때마다 새로운 챕터가 시작된다.

　　이 공책은 두개골 안쪽에 비교적 안전하게 보존되어 있다. 그래도 시간은 힘이 세서 아직 완성되지도 않은 책이 낡아간다. 종이 가장자리가 누렇게 바래고 언제 생긴지 알 수 없는 얼룩이 번져가고 책을 묶은

실이 낡아서 때때로 낱장이 떨어지고 뒤죽박죽 차례가 바뀌기도 한다. 심지어 인쇄된 잉크가 오래돼 날아가듯 글자가 희미해진 데도 있다. 가끔은 정체를 알 수 없는 억센 손이 몇 페이지를 한꺼번에 찢어버리기도 한다. 연필 자국만 남은 페이지도 있고 아무것도 기록되지 않아 텅 빈 채로 남은 페이지도 있다.

어떤 페이지는 즐겁게 쓰고 어떤 페이지는 낙담한 채로 우울하게 쓰고 어떤 페이지는 울면서 쓴다. 가끔은 어떤 페이지를 펼쳐 기억을 되살리기도 하고 친구에게 읽어주기도 하는데 그러면 친구는 재밌게 들어주고 때로 같이 울어준다. 또 어떤 페이지는 내가 기억하지 못해서 누군가의 말을 듣고 적어 넣기도 한다. 병원에서 있었던 일 중 대부분은 그렇게 쓰였다.

*

병세가 위중했을 때는 한동안 내 옆에 있는 사람들이 누군지 기억하지 못하는 기억상실증 환자가 되었었는데 내가 기억하지 못했다는 사실조차 기억나지 않았다. 대략 20일 동안의 일이 기억에서 사라져버렸다. 정신을 차리고 나니 가족들이 그동안 있었던 일을 하나둘 이야기해 주었다. 나는 정말? 정말?을 연발하며 내가 오랫동안 잠들어 있던 사이에 상영된 재미있는 영화 이야기를 전해 듣는 것처럼 흥미진진해져서 눈을 반짝였다. 나만 못 봤어 나만! 그걸 내 눈으로 못 보고 놓친 게 아쉬웠다.

휘발돼버린 기억을 찾고 싶었다. 기억을 잃어버린 사람은 그것을 찾으려고 애쓴다. 내 경우는 조금 달랐다. 나는 기억 자체가 없었다. 잃어버리고 말고 할 게 없었다. 그런데 기억이 그냥 통째로 없어진 것은 아니어서 이상한 현상도 나타났다.

어느 날 병원 마당에서 산보를 마치고 병동 안으로 들어서다가 한 남자를 만났다. 그가 나에게 반갑게 인사했다. 처음 보는 사람인데 아는 얼굴 같았다. 아는 얼굴인데 모르는 사람이었다. 옆에 있던 어머니도 그에게 웃으며 인사했다. 그는 매우 놀랍다는 표정으로 나에게 좀 괜찮아진 것이냐고 물었다. 영문을 몰랐지만 나는 그렇다고 대답했다. 얼른 회복되길 바란다고 인사를 한 그는 다시 총총 가던 길을 갔다. 그가 멀어진 후 나는 어머니에게 그가 누구인지 물었다. 어머니는 기억이 안 나느냐면서 전에 같은 병실에 있던 환자의 보호자라고 알려주었다. 환자는 그의 아내인데 암으로 투병 중이었고 기관 절개를 해서 목에 상처가 있었다고 했다. 병실로 돌아온 나는 처음 보는 사람인데 아는 얼굴일 수 있는 현상에 대해 골똘히 생각했다.

아는 얼굴인데 모르는 사람은 그 남자 말고도 더 있었다. 간호사 선생님들, 그리고 병원 원목실의 수녀님과 신부님도 있었다. 가톨릭계 병원이어서 원목실이 있었다. 원목실 신부님이 얘기해준 바에 따르면 수녀님이 내게 하느님에 대해 이야기하자 내가 『예수는 신화다』라는 책에 대해 이야기했다고 한다. 그래서 내가 이야기 나누기 불편한 환자였다고. 신부님을 만나러 원목실에 갔을 때 스치듯 수녀님을 보았는데 그녀가 왜 나를 보고 빙긋 웃었는지 알 것도 같았다.

병원 2층에는 도서실이 있었다. 작은 규모였지만 읽을 만한 책이 꽤 구비되어 있었다. 병원 내 대출도 가능했다. 나는 『수도원 기행』이라는 책을 빌렸다. 책을 빌려 병실로 돌아와 어머니에게 여기 도서실도 있는데 괜찮은 편이라고 말했다. 그러자 어머니는 내가 입원 초기에도 책을 빌려 와서 읽었다고 말했다. 내가 중환자실에 갔을 때 병실 짐을 정리하다가 책을 반납했다는 거였다. 어머니 얘기를 들으니 그랬던 것도 같은 생각이 들었다. 나중에 다시 도서관에 가서 서가를 둘러보다가 내가 처음에 빌렸던 책이 히라노 게이치로의 『일식』이었다는 것이 어렴풋이 기억났다. 나는 그 책을 빌려와 어머니에게 이 책이 맞냐고 물었다. 어머니는 내가 중환자실로 옮겨질 정도로 상태가 나빴기 때문에 무슨 정신이 있었겠냐만 그 책이 맞는 것 같기도 하다고 말했다.

20일 동안의 기억만 없는 것은 아니었다. 내 기억 회로 전체가 약간 꼬인 것 같았다. 담당 의사는 회진 때마다 내 상태를 확인하기 위해 이런저런 내 신상에 관해 물었다.

"어느 대학을 나왔나요?"

"(긴가민가하는 표정으로) 대전대요."

옆에서 지켜보던 어머니가 아니라고 고개를 저

었다. 의사가 또 물었다.

"그럼 남편은 어느 대학을 나왔나요?"

"(망설이다) 대전대요?"

보다 못한 어머니가 그러면 오빠는 어느 대학을 나왔냐고 묻자 나는 또 대전대라고 대답했다. 여름씨 고향이 대전이긴 했지만 나는 대전에 살지도 않았고 거기에서 학교를 다녀본 적도 없었다. 내가 그렇게 대답한 이유를 추적해보자면 한 가지 그럴듯한 것이 있긴 했다. 그 무렵 오빠가 대전에 있는 한 대학에 임용되었다는 점이다. 내 머릿속에 들어 있는 정보가 뒤죽박죽 상태임이 틀림없었다. 이런저런 정보를 조합해 말도 안 되지만 그럴듯한 결과물을 출력하다니 신기했다.

의사가 주소를 물었을 때는 어릴 때 살던 집의 주소를 말했다. 20년도 더 된 주소였다. 그 집은 나중에 행정구역이 변경되어 주소가 바뀌었는데 내가 말한 주소는 심지어 바뀌기 전 주소였다.

기억이란 것이 살아 있는 유기체처럼 느껴진다. 다른 모습으로 변장도 하고 아무도 찾을 수 없는 곳으로 숨어버리기도 하고 너를 부른 게 아닌데 자기가 맞다며 툭 튀어나오기도 한다. 아무튼 제멋대로인 기억.

　　내가 듬성듬성 실제로 기억하는 일 말고는 대부분 들은 이야기로 기억이 채워졌다. 자세하고 구체적인 세부가 빠져 있을 때는 어머니와 여름씨에게 물었다. 똑같은 질문을 여러 번 했다. 가족들이 내 상태를 기록한 수첩도 자주 들여다보았다. 그러면서 내 기억은 새로 만들어졌다. 기억을 새로 심을 수 있다는 말은 사실이었다. 일단 심으면 뿌리를 내리고 싹이 돋아나고 점차 자라서 커다란 나무가 된다. 나뭇잎이 바람에 나부끼고 햇빛을 받아 반짝이기도 한다.

　　어떤 것이 실제로 내 기억이고 어떤 것이 만들어진 기억인지 쉽게 구분할 수 없을 정도로 병원에서 있었던 일이 하나의 이야기로 완성되어 갔다. 많은 장면에서 과거의 내가 아니라 환자N이라는 캐릭터를 보고 있는 것 같았다.

　　실제 이야기와 지어낸 이야기는 뇌에서 각각 전혀 다른 영역을 활성화한다. 만들어낸 이야기는 실제로 경험한 것이 아니므로 눈앞에 그려보기 위해 두정엽 안쪽이 활성화되는데, 이는 그림을 그리듯 상상할 때 활성화되는 부분이다. 실제 내 기억에서는 내 시점으로 보기 때문에 화면에 내가 나오지 않는데 만들어진 기억에서는 내가 화면에 캐릭터로 등장한다.

　기억은 경험한 일을 그대로 복사하듯이 저장되는 것도 아니고 단번에 완벽하게 구축되는 것도 아니다. 몇 달 몇 년에 걸쳐 오랫동안 나 자신의 관심과 욕망에 따라 차츰 변형되고 다듬어지고 빈틈이 메워지면서 고정된다. 물론 영원히 고정되는 것은 아니고 시간이 지나면서 그것 또한 조금씩 다른 색을 띨 것이다. 그때 심은 내 기억은 지금의 이런 나무로 자랐다.

*

　"인간이라는 존재를 우주적으로 고찰한 것도 매력적이지만, 생명뿐만 아니라 지능도 가진 듯한 유기체인 솔라리스 행성에 대한 끈질긴 연구를 '우주 시대의 종교'에 빗댄 것은 만점을 주는 것으로도 모자라다." 스타니스와프 렘의 소설 『솔라리스』에 대한 이런 감상을 어디에선가 읽었다면 나중에 꼭 읽어봐야겠다 싶어서 나는 얼른 책 제목을 수첩에 적어두었을 것이다. 그러나 그럴 필요가 없는 것이 이 문장은 내가 쓴 것이기 때문이다. 오래전 일기를 들춰보다 이 문장을 만났을 때 다른 누구의 문장이 아니라 내가 쓴 문장이 맞나 싶을 정도로 기억이 가물가물했다. 『솔라리스』를 읽은 것은 생각나지만 그 고립된 행성에서 어떤 이유로 사람들이 하나둘 죽어갔다는 것 말고는 소설 내용이 거의 기억나지도 않았다. 내 기억들은 가물가물 깜박이다 어딘가로 사라져 숨어버리거나 기억과는 전혀 다른 것이 되기도 한다. 시간에 휩쓸려 희미해지는 것 말고도 무언가가 우리 기억을 단박에 앗아가는 일도 있다. 오래전에 읽은 책 내용이나 오래 만나지 못한 누군가의 이름 같은 것이 아니라, 나를, 당신을 잊기도 한다는 것은 신비롭고도 무서운 일이다. 우리는 어쩌면 그렇게 잊혀져 완전히 사라지기도 할 터이다.

만약 내가 아는 사람이 하나도 없는 완전히 낯선 도시에서 내가 누구인지 말해줄 소지품마저 잃어버린 채로 병원에서 깨어났다면 나는 어떻게 되었을까?

기억이 무너지면 자신과의 연결이 끊어진다고 한다. 자신이 누구인지 알려주는 것이 바로 자신의 기억이기 때문이다. 나를 기억해주는 가족과 친구들이 없었다면 나는 나로 돌아올 수 없었을 것이다.

다행히 나는 내가 늘 다니던 거리, 내가 오랫동안 살아온 도시의 병원에서 깨어났으므로 내 가족이 나의 부서진 기억을 이어 붙여주고 구멍 난 기억을 메워주었다. 부서지거나 구멍 난 정도가 아니라 정말로 기억의 대부분을 잃었다면 나는 지금과는 다른 사람이 되었을 것이다. 어쩌면 나는 새로운 기억을 내 안에 채워넣으며 새로운 사람이 되었을 수도 있다. 이전과 완전히는 아니어도 많이 다른 사람이 됐을 것이다. 잃어버린 기억을 찾으려고 애쓰면서 아 나는 그런 사람이었구나 하고 소설 속 인물을 하나하나 알아가듯 과거의 나를 알아가는 재미가 있었을지도 모른다.

기억을 잃으면 과거만 사라지는 것이 아니라 미래도 잃어버리게 된다. 그동안 쌓아온 경험과 정서적 기억이 현재의 판단에 영향을 주므로 기억을 잃어버린 사람의 미래는 달라질 수밖에 없다. 과거에 경험하며 배운 많은 것들을 잊어버린 나는 예전과 다른 판단을 할 수도 있었겠지만 과거의 경험을 그대로 가지고 있으면서도 잘못된 판단을 한 적도 많았으니까 그게 꼭 나쁜 것만은 아니었을 것이다.

가족과 친구를 몰라보면 또 어떤가. 그들이 나를 계속 만나준다면(틀림없이 그랬을 텐데) 나는 그들을 새로 사귀었을 것이다. 새로운 기억을 가지고 새 가지와 이파리를 무성하게 늘려가며 새로운 나무가 되었을 것이다.

이게 내 인생일까

과학철학자 파울 파이어아벤트는 어릴 때 공원
에서 놀던 중에 전차를 쫓아 급하게 뛰어가는 남자들을
본 적이 있다. 저 사람들이 뭘 하고 있는 것인지 아이가
묻자 어머니는 그들이 일하러 가는 거라고 알려주었다.
공원에는 벤치에 가만히 앉아서 햇볕을 쬐고 있는 늙은
신사들도 있었다. 저 사람들은 왜 여기 있는지 아이가
또 묻자 어머니는 그들이 은퇴했기 때문이라고 말해주
었다. 그날 이후 아이에게 은퇴라는 말은 아주 매력적
으로 생각되었다. 어느 날 어머니를 따라 미용실에 갔
을 때 미용실에 있던 여자들이 아이에게 커서 뭐가 되

고 싶은지 물었다. 아이는 은퇴하고 싶다고 대답했다.

아직 아무것도 시작하지 않았는데 은퇴부터 하고 싶은 사람이 나였다. 아주 커다란 나무 아래에 가만히 앉아서 지나가는 사람들을 구경하고 싶었다. 그러다 이따금 바람을 맞으며 걷고 싶었다. 은퇴를 해야만 그렇게 할 수 있는 거라면 은퇴를 해야겠지. 그러나 은퇴를 하고도 한가롭게 공원 벤치에 앉아 있으려면 연금이 충분한 직업을 가져야 하고 그러려면 근면하게 공부해서 안정적인 직장에 취업을 해야 했는데 그러기에 나는 이미 틀렸다.

나는 자주 과거를 생각하고 자주 미래를 생각한다. 아니, 자주 생각한다는 것은 거짓말. 사실은 과거와 미래에 사로잡혀 있다. 과거는 후회의 형태로 나를 붙들고 있고 미래는 불안의 형태로 나를 물들인다. 후회와 아쉬움과 부끄러움으로만 이루어진 과거는 내가 생각했던 내 인생이 아니었으므로 진짜 내 인생은 아직 오지 않은 미래에 있었다. 진짜 내 인생이 어떤 모습일지 상상하지 못하면서도, 아니 그렇기 때문에 더욱 나는 그것이 미래의 어느 날에 나타날 어떤 것이라고만 생각했다. 현재는 진짜 내 인생이 펼쳐질 미래로 건너가기 위한 징검돌 같은 것이었다. 현재의 나는 어쩌면 현재를 가장 모르는 사람.

그런데 내 인생이 어떠하리라고는 잘 상상하지 못했다. 내게 미래는 상상할 수 있는 것이 아니었다. 계획할 수 있는 것은 더더구나 아니었다. 미래는 꾸역꾸역 다가오는 시간이란 놈에게 등 떠밀려 진입하게 되는 어둠의 구역, 혹은 불안한 마음속으로 아무런 예고도 없이 별안간 들이닥치는 무엇이었다. 미래의 나는 행복했던 적이 없다. 미래의 어둠 속에 묻혀 내 모습이 잘 보이지도 않았다.

나는 장차 무엇을 하겠다는 포부를 갖거나 크게 무엇을 이루어보겠다는 꿈을 꾸어보지 못했다. 늘 사소한 일에 근심하고 소소한 일에 기뻐했다. 유일한 바람은 좋은 글을 쓰고 싶다는 생각뿐이었다. 몇 편을 습작한 후 등단해서 작가가 되겠다거나 구체적으로 어떤 방식으로 글을 팔아 생계를 이어나가겠다는 계획 같은 것도 세워보지 못했다. 대학 졸업 후에도 아르바이트를 계속하며 매일 학교 도서관에 가서 책을 읽고 글을 쓰면서도 지금은 습작기이고 언젠가는 작가가 될 것이라고 생각한 것도 아니었다.

어느 날 보다 못한 어머니가 나를 불러 앉혀놓고 그래서 앞으로 무엇을 어떻게 할 생각이냐고 물었다. 틀림없이 속이 터질 만큼 답답했을 텐데도 어머니는 있는 힘껏 예의를 갖춰 차분한 목소리로 물었다. 나는 대답하기가 몹시 어려웠다. 글을 쓰고 있다고, 그게 생각처럼 그렇게 짧은 시간 안에 결과물이 나오지 않는 거라고만 말했다. 지금 생각해보면 한심할 따름이고 어떻게 그렇게 대책 없이 살았을까 싶지만 한편으로는 다른 사람들은 그런 것을 다 어디에서 배우고 오는 걸까 싶은 생각도 든다.

두 번째 단편소설을 완성했을 때 내 글이 어느 정도 수준인지 궁금해서 신문사 신춘문예에 투고해보았다. 당선되면 좋겠다는 생각은 못 했고 혹시나 본심에라도 오르면 심사평을 들을 수 있을 거라는 순진한 계산이 있었다. 그런데 당선되었다는 전화를 받았다. 어머니에게 그 소식을 전하며 나도 모르게 이렇게 말했다. "엄마, 나 신춘문예에 당첨됐대요." 단순한 말실수가 아니었을 것이다. 나에게 그것은 오랫동안 간절히 기다리던 소식이라기보다는 우연의 힘이 작용한 예기치 못한 사건 같은 데가 있었다. 룰렛 게임에서 숫자판과 반대로 돌던 구슬이 퉁탕퉁탕 여기저기 부딪치다가 생각지도 못했던 굉장한 숫자가 적힌 칸에 슬쩍 빠진 것과 좀 비슷했달까. 어쨌든 몹시 기쁘기도 했지만 얼떨떨해진 내 머릿속에 떠오른 감정은 당혹스러움이었다. 이게 뭐지? 이건 뭘까? 이게 내 인생일까?

우리는 언제쯤 자신의 인생이 어떠할지 알 수 있을까? 내가 원래 살려고 했던 내 인생은 여기가 아닌 다른 곳에 있거나 지금이 아닌 알 수 없는 먼 미래에 있다고 여기는 대신, 지금 살고 있는 이 인생이 바로 내 인생이라는 것을 어떻게 알 수 있을까? 내가 다른 어떤 식으로 말고 바로 이런 식으로 살게 되리라는 것을 우리는 언제쯤 알 수 있을까? 열 살에? 열다섯 살에? 취업이든 대학 진학이든 하게 되는 스무 살에? 대학을 졸업하고? 결혼을 하고? 아이를 낳고? 자신이 어떤 인생을 살게 되는지는 모든 것이 다 지난 후에나 알 수 있는 것일까?

*

병원에서 회복기에 접어든 나는 하루에도 여러 번 밖에 나가 산책하곤 했다. 본관 정문으로 나가 응급실 입구와 주차장을 거쳐 의과대학까지 갔다가 다시 본관으로 돌아오는 코스였다. 본관 출입구는 여러 개가 있었는데, 의과대학 쪽으로 통하는 출입구 앞에 등나무 벤치가 있었다. 그때만 해도 건물 내 흡연만 금지돼 있고 따로 흡연 구역은 없었는데, 많은 흡연자들이 이 등나무 벤치를 애용했다. 그때로부터 꼭 1년 전에는 나도 그들 중 하나였다. 당시에는 환자가 아니라 보호자였다. 환자는 시어머니였다.

처음에는 어머니를 병원에 모시고 다니려고 우리 집에 모셔 왔다. 가족 중에 시간을 여유 있게 쓸 수 있는 사람이 나밖에 없어서 그렇게 했다. 어머니가 거동이 불편하셔서 휠체어도 구입했다. 어머니를 부축해

서 일으키고 앉히는 일이나 무거운 휠체어를 자동차 트
렁크에 싣고 내리는 일이 모두 내게는 힘에 부쳤다. 어
머니를 목욕시키는 일도 쉽지 않았다. 그때까지 누군가
를 돌보는 일을 한 번도 해보지 않았으므로 어머니에게
밥을 해드리고 씻겨드리고 잠자리를 봐드리고 하는 일
련의 돌봄 과정이 서툴고 손에 설었다.

그런데 진짜로 힘든 일은 따로 있었다. 방 두 칸
짜리 아파트에서 하루 종일 어머니와 함께 있는 일이었
다. 어머니에게는 내가 작업실로 쓰던 작은방을 내어드
렸다. 내 책상은 거실로 옮겼다. 어머니는 작은방 이부
자리에서 나는 거실 책상에서 시간을 보냈다. 그 당시
나는 소설을 쓰면서 아이들을 가르치는 아르바이트를
계속하고 있었는데 일주일에 두세 번 아르바이트를 하
러 나갈 때 말고는 대부분의 시간을 그렇게 지냈다.

결혼하고 이듬해였으니까 어머니와 나는 그때
까지 많아야 다섯 번쯤 만났을 것이다. 사적인 대화를
나눠본 적은 한 번도 없었다. 두 사람 사이에는 딱히 함
께 나눌 이야기가 없었다. 어머니가 지루해하실까 봐
가톨릭 신자인 어머니가 들을 수 있는 카세트테이프를

사드리는 게 내가 할 수 있는 전부였다. 어머니는 완전히 낯선 곳에 와서 식사며 씻는 거며 일상생활의 거의 대부분을 나에게 의존하고 있었다. 어머니가 필요한 게 있을 때 언제든 나를 부를 수 있도록 내 책상에서 대기하고 있는 기분이었다. 여름철이라 방문을 활짝 열어두어 언제나 뒤통수가 따가웠다. 일을 제대로 할 수가 없었다.

어머니는 말수도 적고 내게 뭔가 부탁하는 것을 미안해하셨다. 우리 부부에게 불평 한마디 안 하셨다. 그렇게 조용하고 점잖은 분이었는데도 나는 너무 힘들었다. 어머니도 마찬가지였을 것이다. 잘 알지도 못하는 사람에게 모든 것을 의존하는 상태에서 싹싹하지도 않고 낯가림도 심한 며느리와 지내는 게 힘드셨을 것이다. 몇 년째 휴일도 없이 새벽에 나가 밤늦게까지 일하며 어머니와 나를 걱정하고 미안해하던 여름씨도 힘들었을 것이다. 누구 하나 굉장히 잘못하는 사람이 없는데도 모두가 괴로웠다.

따지고 보면 우리 부부가 잘못한 게 있기는 했다. 그게 어떤 일인지도 잘 모르고 앞으로 일이 어떻게 전개되리라는 생각도 해보지 않은 채 무작정 어머니를 모시고 온 것, 처음부터 그것이 잘못이었다. 당연히 아무런 계획도 없었다. 시어머니와 함께 사는 일이 어떨지, 환자를 돌본다는 게 어떤 일인지 우리는 아무것도 몰랐고 몰라도 너무 몰랐다. 막연하게 선의로 시작한 일이 우리 모두를 지옥에 빠뜨렸다는 것을 깨달은 것은 모든 것이 다 지나간 후였다.

그때는 아침에 눈을 뜰 때마다 생각했다. 이게 내 인생일까? 이게 정말 내 인생일까? 내가 한 번도 생각해본 적이 없고 상상해본 적도 없는 이런 삶이 정말 내 인생일까? 맞다. 그게 내 인생이었다. 그러나 그게 내 인생이라는 것을 인정하고 받아들일 새도 없이 어머니는 두어 달 만에 병원에 실려 가셨다.

가장 힘들었던 것은 이런 생활이 과연 언제까지 계속될까 하는 생각이었다. 결과적으로는 두 달 남짓이었는데, 만약 처음부터 두 달인 줄 알았다면 나는 그렇게까지 괴롭지 않았을 것이다. 두 달 동안 어머니를 어떻게 보살펴드릴지 계획하고 힘들어도 두 달만 참자고 나 자신을 다독였을 것이다. 그러나 다 끝나고 나서야 알 수 있는 것들이 있다. 그 끝을 알 수 없는 고통이야 말로 견딜 방법이 없는 종류의 고통이었다. 한참 지나고 나서 생각해보니 그때의 내 고통이 가짜 같다는 생각마저 들었다. 고작 두어 달이었는데 무슨 몇 년은 모시고 산 것처럼 괴로웠다니.

    내가 하는 음식이 입맛에 안 맞는지 시간이 지날수록 어머니는 점점 식사를 잘 못하셨다. 죽을 끓이거나 과일을 갈아서 드리면 그나마 조금씩 드셨다. 뭘 잘 먹지 못해서 그런지 건강도 점점 나빠졌다. 몸 상태가 나빠지니 경미하게 치매 증상도 나타났다. 새벽에 화장실을 가야 한다고 자고 있는 우리를 깨우셨고 화장실에 모시고 가면 뭐부터 해야 할지 몰라 변기 앞에서 서성거리셨다. 옷을 내리는 게 먼저인지 변기에 앉는 게 먼저인지 자꾸 헷갈려 하셨다. 한번은 저녁 식사 후 주무셨다가 자정 무렵 일어나 머리를 곱게 빗으시더니 가만히 앉아 계셨다. 왜 안 주무시냐고 물으니 저녁은 언제 먹냐고 반문하셨다. 어떤 날엔 날더러 누구냐고 하셨다. 아들을 못 알아보는 날도 있었다.

그러다 어느 날 정신이 맑아졌을 때 어머니가 해주신 이야기는 결코 잊을 수 없다.

"덕수궁 앞을 버스 타고 지나가는데 덕수궁 너머 하늘로 너울너울 노을이 지더라. 그날 귀한 손님 왔다고 내 두 손을 꼭 잡으면서 붕어를 고아줬어. 신문사에 다니던 조카가 일요일마다 낚시를 다녔대. 그때가 좋았다. 이렇게 순식간에 망령이 들 줄은……."

말을 흐리면서 어머니는 눈물을 흘렸다. 나도 그동안 참았던 눈물이 터졌다. 우리는 함께 울었다.

처음 우리 집에 오셨을 때만 해도 부축해드리면 천천히 걸을 수 있는 정도였는데 어머니는 어느 날 아예 이부자리에서 일어나지도 못했다. 담당 의사는 어머니의 체내 소듐 양이 현저하게 떨어진 게 문제이며 전해질 불균형으로 근육이 제대로 기능하지 않아서 걷지 못하는 거라고 말했다. 그러고는 대체 식사를 얼마 동안이나 안 드린 거냐고 물었다. 사실 그건 질문이 아니라 힐난이었다. 나는 갑자기 시어머니를 며칠씩 굶긴 몹쓸 며느리가 되었다. 의사의 태도에 어이가 없었지만

밥을 잘 못 드셔서 죽도 끓여드렸고 과일도 갈아드렸
고 어쩌고 하는 말들은 하고 싶지도 않았다. 고령의 노
인이라 한번 건강이 무너지자 어머니는 쉽게 회복하지
못했다. 어머니는 퇴원 후 요양병원으로 옮겨 지내시다
1년이 채 못 되어 돌아가셨다. 내가 병원에 입원하기 두
달 전의 일이었다.

그리고 이번엔 내가 환자가 되어 어머니가 입원
했던 병원의 그 등나무 벤치에 앉아 있었다. 나는 굉장
히 멀리까지 갔다가 돌고 돌아서 다시 그 등나무 아래
로 돌아온 기분이었다. 그리고 또 생각했다. 이게 내 인
생일까? 나는 왜 환자복을 입고 여기 앉아 있을까? 내
가 원래 뭘 하고 있었더라?

아픈 사람들은 흔히 질병이 자신의 삶을 중단시
켰다고 여긴다. 나도 오랫동안 그렇게 생각해왔다. 그
러나 실제로 질병이 내 삶을 중단시켰을까? 그런 생각
은 질병을 자기 삶의 일부로 받아들이지 않기 때문에
드는 생각이다. 내가 아프기로 예정되어 있던 것은 아
니지만 그렇다고 내가 전혀 아프지 않기로 예정되어 있

던 것도 아니다.

내가 중환자실에 있던 어느 날 여름씨는 집에 가서 샤워를 하다 말고 갑자기 울음이 치밀어 목놓아 울었다. 더운 김이 서린 욕실이 그의 울음소리로 커다란 동굴처럼 웅웅 울렸을 것이다. 그는 내가 아직 제대로 살아보지도 못했는데 이렇게 죽을 수는 없다고 생각했다. 나는 서른셋이었다. 서른셋까지도 제대로 살아보지 못했다면 우리는 몇 살쯤까지 살아야 제대로 살아본 것일까? 그리고 제대로 산다는 건 뭘까? 우리는 어떻게 살아야 제대로 살았다고 말할 수 있을까?

나는 스스로에게 자주 물어보았다. 이게 내 인생일까? 그러곤 한참 후에 스스로 대답한다. 맞아. 이게 내 인생이지. 그런 자문자답을 하다 보면 사실은 내가 어떻게 살든 무엇을 하든 그게 전부 다 내 인생이었다는 것을 언젠가 알게 된다. 내가 꿈꾸기만 했던 어떤 일, 내가 생각해보지도 못했던 놀라운 행운, 내가 상상하지 못했던 고통, 내가 들어본 적도 없는 괴상한 일, 무수히 많이 들어보았지만 그게 바로 내 자신의 일이 되리라고는 생각해보지 못했던 사건과 사고들. 그런 일들이 어느 날 아무 예고도 없이 들이닥친다. 마음의 준비 같은 것은 하지도 못한 채로 그런 일들을 맞게 된다. 닥치면 어떤 식으로든 나는 살아낸다. 그리고 그것은 내 인생이 된다. 진짜 내 인생은 아직 오지 않은 미래에 있지 않고 지금 여기 있었다.

*

파울 파이어아벤트는 모험소설을 써보려고 했다. 그러나 이야기 속 영웅들을 고난에 빠뜨리는 데에는 성공했지만 그들을 거기에서 구해내는 일에는 실패해서 결국 모험소설을 완성하지 못했다. 모든 소설이 다 주인공의 성장소설이듯 모든 소설이 다 모험소설이다. 또한 자기의 의지와 상관없이 아무것도 모르는 채 낯선 곳에 던져지듯 태어난 우리도 모험하듯 삶을 헤쳐나간다. 모험소설 속 영웅처럼 다들 자기 몫의 고난에 빠지고 아무도 구해주지 않지만 다들 거기에서 살아남아 자기 인생을 살아간다.

그리고 나는 여전히 장차 무엇을 하겠다는 포부

를 품거나 크게 무엇을 이루어보겠다는 꿈을 꾸지 않고 산다. 내일 무엇을 할지는 생각하지만 다음 달에 다음 해에 무엇을 할지는 생각할 줄 모른다. 그러는 대신 이렇게 하루를 살고 그것을 기록한다. 그리고 가끔은 공원의 커다란 나무 아래 앉아 햇볕을 쬐며 지나가는 사람들을 구경하기도 한다. 때때로 바람을 맞으며 걷기도 한다. 그건 은퇴를 하지 않아도 할 수 있는 거더라고.

수평생활

빨리 낫고 싶으면서도 계속 아프고 싶은 마음을
뭐라고 불러야 할까?

*

이런 곳이 있다. 밝은 줄무늬 벽지를 바른 식당
에서 하루 다섯 번 맛있는 요리로 양껏 식사를 할 수 있
고 수시로 티타임이 있고 먹거나 마시지 않을 때는 자
신의 방 테라스에서 몸을 길게 누이고 쉰다. 종종 가까
운 숲으로 산책도 간다. 대체로 먹고 자고 쉬는 게 일인

그런 곳인데 심지어 풍광이 아름다운 스위스 산중에 있다. 이런 데를 그저 방문자로 갔다면 거기 눌러앉고 싶지 않겠는가? 한스 카스토르프는 그렇게 했다. 그는 사촌 요아힘을 만나러 3주 예정으로 이곳에 왔다가 7년을 살았다. 예방 차원에서 이곳에 왔다가 진짜로 아프게 된 소년도 있었다.

이곳은 토마스 만이 쓴 『마의 산』의 베르크호프 요양원이다. 이곳에서는 두세 시간마다 식당 테이블에 앉게 되는데 그럴 때마다 아주 오래전부터 줄곧 거기에 앉아 있었던 것 같은 기분이 들곤 한다.

식사와 식사 사이에는 무엇이 있는지 아는가? 아무 일도 없다. 그저 '안정요양'이라는 이름의 '누워 있기'만 하면 된다. 안정요양을 하려면 한 가지 기술을 습득해야 하는데 장기간의 연습과 타고난 능력이 있으면 어렵지 않게 해낼 수 있다. 그 기술이란 단 세 번의 동작만으로 두 장의 담요를 동시에 펼쳐서 몸을 덮을 수 있는 기술이다. 그러고 나서 그들은 누워 있다. 운동도 놀이도 포커도 금지돼 있는 그들은 언제나 누워 있어야 해서 그들 중 한 사람인 세템브리니는 자신들을 가리켜 수평인간이라고 칭했다.

　　내가 요양하며 회복기를 보낸 곳은 부모님 댁이
었다. 하루 세 번의 식사, 두어 번의 간식, 낮잠, 그리고
운동과 산책으로 이루어진 단순한 일정이 하루 일과였
다. 베르크호프의 거주자들처럼 나도 매일 아침 결핵약
을 먹고 있었다. 수시로 체온을 재는 것도 비슷했다. 그
들 곁에 담당 의사가 있었던 것은 나의 경우와 달랐지
만 나는 체온이 37.5도가 되면 응급실로 들어오라는 담
당 의사의 지시를 갖고 있었다.

　　어머니는 나에게 열심히 뭔가를 해 먹였다. 내
가 잠을 잘 때면 자꾸 들여다보게 되더라는 말은 하지
않았다.

　　어느 날 뭔가를 먹으며 내가 말했다.

　　"퇴원하고 나서 처음 먹는 것 같네요. 되게 맛있
어요."

　　그러자 어머니가 약간 야릇한 표정을 지었다.

　　"뭐가 태어나고 나서 처음이야? 너 어릴 때도 많
이 해줬는데."

"아니 병원에서 퇴원하고 처음이라고요."

"아, 난 또 태어나고 처음이라는 줄 알았지. 너 아직도 기억이 오락가락하나 싶어서."

어머니가 아직도 내 머릿속이 정상이 아니라고 여기고 있다는 것을 그렇게 알게 되었다. 제 엄마도 몰라보고 괴성을 지르던 나, 베드에 묶어둔 결박을 풀라고 욕설을 내뱉고 발길질을 해대던 내 모습을 어머니는 잊을 수 없었다. 병원에서 '퇴원한' 나는 이렇게 새로 '태어난' 사람이 되었다.

그곳에서 나는 그때까지 한 번도 살아보지 않은 방식으로 살았다. 아파트 쪽문에서 시작되는 등산로를 통해 매일 오전 산을 올랐다. 9월의 산, 10월의 산을 올랐다. 나무를 지나고 나무를 지나 숲길을 따라 걸었다. 보통은 경사가 가팔라지기 시작하는 지점까지 갔다가 되돌아왔지만 어떤 날엔 해발 400미터 정도 되는 정상까지 가기도 했다. 오후에는 아파트 단지 안에 있는 피트니스센터에 가서 땀이 나도록 운동을 했다. 집에서 하는 운동도 있었는데 손가락 운동이었다. 작업치

료실에서 재활 치료를 했는데도 손에 경련이 남아 있었다. 손이 떨려서 글씨도 쓸 수가 없었다. 본가에는 내가 어릴 때 치던 업라이트 피아노가 있었다. 손가락의 유연성과 힘을 기르는 데 좋은 하농을 펼쳐놓고 매일 연습했다. 나머지 시간에는 주로 누워서 책을 뒤적이거나 잤다. 먹고 운동하고 자고, 먹고 운동하고 자고. 그렇게 살았던 적은 그때까지 한 번도 없었다.

순전히 살기 위해서만 살고 있는 나 자신이 왜인지 싫어질 무렵 일기장에서 그것을 발견했다. 일기를 계속 써나가기만 하면 좋았을 텐데 나는 왜 일기장의 앞부분부터 읽기 시작했을까?

정말 이게 나야? 이 사람이 진짜 나라고? 일기를 쓴 그 사람이 나라는 게 믿기지 않았다.

그는 아주 우울한 사람이었다. 그는 혼자 집 뒤편 우면산에 오르곤 했다. 그는 개나리가 진달래가 그리고 산벚꽃이 환하게 피어 있는 걸 보면 눈물이 나와서 당황했다. 그것들이 차례로 지는 걸 보면서 또 울었다. 산어귀에 있는 모르는 사람의 무덤가에 서서도 눈물을 흘렸다. 그는 일주일에 두어 번씩 시어머니가 계신 요양병원에 가곤 했다. 요양병원 가는 길에 타야 하는 외곽순환도로의 길고도 긴 여러 개의 터널들을 그는 몹시 무서워했다. 길게 촘촘히 이어진 터널 천장의 조명 불빛에는 이상한 힘이 있었다. 터널 속을 달리다 보면 자기도 모르게 차선을 버리고 둥근 벽면을 따라 천장까지 올라가는 환영에 시달렸다. 일단 터널 안에 들어가면 그는 절대로 차선을 놓치지 않으려고 안간힘을 썼다. 자신이 엑셀을 있는 힘껏 밟아 벽을 타고 천장으로 올라갈까 봐 무서웠다. 순식간에 천장에서 아래로 곤두박질칠까 봐 무서웠다. 그리고 그는 이제 다시는 글을 쓰지 않겠다고 다짐하고 있었다.

기억이 무너진 폐허에서 과거 같은 것은 모두 잊어버리고 아무것도 모르는 채로 다시 새롭게 시작할 수도 있었을 것이다. 그러나 일기장을 펼치자 기억 너머에 숨어 있던 진짜 '나'들이 와아아 소리치며 내게 달려왔다. 달려와서는 내가 어떤 사람이었는지 어떤 생각을 하고 있었는지 하나하나 알려주었다.

얼른 나아져서 예전으로 돌아갈 수 있기만을 바라고 있던 나는 당황했다. 무엇으로 돌아간단 말인가?

원래의 나? 원래의 일상? 원래의 작업? 나는 원래의 나를 좋아하지도 않았고 원래의 일상은 우울했으며 원래의 작업은 작파한 상태였다. 돌아가봐야 그런 것이 있을 터였다. 열심히 노력해서 건강한 몸이 된다고 해도 나는 돌아가고 싶은 곳이 없는 사람 같았다.

꽃이 피는 걸 봐도 지는 걸 봐도 눈물이 나던 그 사람이 다시 되고 싶지는 않았다. 나는 거기 그 상태에서 멈춘 채로 어떤 의무도 모르고 아무런 책임도 지지 않으면서 아무것도 아닌 채로 계속 있고 싶었다. 빨리 낫고 싶은 마음도 간절했지만 계속 아프고 싶은 마음이 거기 있었다. 그런 혼란스러운 마음을 뭐라고 불러야 할까?

그런데 나의 그런 마음에는 어딘가 익숙한 데가 있었다. 어딘가에서 그런 걸 본 적이 있는 것 같았다. 신기하게도 뿌옇고 희미한 기억 속에서 베르크호프 요양원이 문득 떠올랐다.

*

    한스 카스토르프가 잠시 다니러 왔다가 요양원에서 장기간 체류하게 되자 삼촌 티나펠 영사가 그를 만나러 베르크호프에 온다. 그것은 한스가 사촌을 만나러 요양원에 온 것과 비슷했다. 티나펠 영사는 처음에는 일주일 정도 있으면서 조카와 함께 산을 내려갈 계획으로 왔지만 의사는 그에게 빈혈이 있으므로 발코니에서 몇 주간 편히 누워 있으라고 했다. 한스는 삼촌에게 담요를 몸에 감는 기술을 가르쳐주었다. 티나펠은 가을 햇살을 받으며 접이식 침대에서 안락하게 안정요양을 한 후 최상의 푸짐한 음식으로 식사를 하고 살롱에서 열리는 밤의 모임에도 참석했다. 일부러 기억해 둘 필요도 없이 자명한 순서로 부드럽게 이어지는 일과는 몹시 훌륭했다.

    베르크호프는 죽음이 상존하는 곳이고 마주치는 사람은 모두 아픈 사람들뿐이므로 이곳에서 하는 일의 핵심은 요양이며 이곳에서 이루어지는 모든 활동에는 그 점이 반영되어 있었다. 이곳 주민들은 식사 후 안정요양을 하거나 요양산보를 하고 밤에는 발코니에서 야간요양을 한다. 2주에 한 번 일요일마다 요양음악회도 열린다. 즉 그들이 하는 일은 모두 '요양근무'다. 하루하루가 너무 똑같이 흘러가서 영원처럼 느껴지면 요양산보 때 식물을 관찰하고 야간요양 때 발코니에서 별을 관찰한다.

티나펠은 불안해졌다. 자신이 방문한 세계가 그동안 살아온 평지와는 비교도 할 수 없을 만큼 강력한 힘으로 자신을 빨아들이는 것을 느꼈다. 머릿속에 아직 가득 들어 있는 평지의 정신으로 버텨보려 했지만 자신이 만난 세계의 자신감은 이길 수 없었다. 그는 이 산 위의 세계에 압도되었다.

티나펠은 일주일 만에 바람처럼 사라졌다. 조용히 치러야 할 계산을 다 치르고 조카에게는 아무 말도 없이 아무도 모르게 새벽 첫차를 타고 평지로 가버렸다. 한스는 삼촌이 줄행랑친 것을 아주 잘 이해할 수 있었다. "일주일간 이 위에서 지내다가 이제 평지에 돌아가면, 아침 식사 후에 규정된 산책이 있는 것도 아니고, 격식에 따라 담요를 몸에 둘둘 말고 바깥에서 수평생활에 들어가는 것도 아니며, 대신 그에게는 사무실에 출근하는 일이 저 아래에서 한동안은 그릇되고 부자연스러우며 해서는 안 될 일로 여겨지리라는 것을"* 삼촌이 예감했기 때문에 도망친 것이라고 생각했다.

마의 산이 가진 마력은 무엇이었을까? 모든 의무와 책임으로부터 면제된 삶을 살아도 된다는 점이다. 인간이 살아가는 데 필요한 대부분의 활동—학교에 가고 직장에 출근하고 집안일을 하고 자식을 키우는 일—을 하지 않아도 된다. 담요를 몸에 둘둘 말고 수평으로 누워서 별을 쳐다보기만 하면 된다.

내가 당시에 기거하고 있던 마의 산도 마찬가지였다. 다른 점이 있다면 베르크호프의 사람들은 언제 죽을지 모르는 처지에 있었지만 나는 그렇지 않았다는 것이다. 결핵은 더 이상 그런 질병이 아니었다. 보통 6~8개월간 약을 꾸준히 복용하면 대부분 완치되는 질병이었다. 결핵성 뇌수막염의 경우엔 더 오래 걸리

* 토마스 만, 『마의 산』(하), 홍성광 옮김, 을유문화사, 2008, 188~189쪽.

긴 했다. 나는 건강한 사람은 아니었지만 어디가 심하게 아픈 사람도 아니었다. 겉으로 보면 멀쩡했다. 통증에 시달리는 일도 없었다. 이따금 극심한 두통이 있기는 했지만 그것 말고 특별히 불편한 데는 없었다.

써야 할 글을 생각할 필요도 없고 신용카드 결제일이 다가오는 것을 걱정할 필요도 없이 모든 것이 유예되고 모든 책임으로부터 면제되며 누군가로부터 헌신적이고 지속적인 보살핌을 받는 어린아이의 상태로 계속 머물러 있고 싶었다. 그것은 퇴행이었다. 그런 마음이 나타나는 족족 그것을 베어버리고 싶었다. 그런 마음이 내 안에 있다는 게 부끄럽고 당황스러웠다.

언제까지 요양을 계속할지 예정된 것은 없었지만 나는 석 달 만에 서둘러 수평생활을 청산하고 집으로 돌아왔다. 여름씨 혼자 지키고 있던 집은 예전과 다름없이 그대로였다. 내가 좋아하지 않는 나도 그대로였다.

인생은 쉽게 바뀌지 않고 인간이 변하는 것도 어려운 일이지만 가끔은 예상하지 못했던 변곡점과 마주치기도 한다. 내 인생에는 두 개의 변곡점이 있었다.

스물한 살 봄에 여름씨를 만난 것, 그리고 서른세 살 여름에 죽을 뻔한 일. 아프기 전에는 내 인생을 여름씨를 만나기 전과 후로 나누어 생각하곤 했다. 그런데 그해 여름 이후로 내 인생은 아프기 전과 아프고 난 후로 나뉘게 되었다. 병원에 있던 40여 일간은 아주 커다랗고 기괴한 징검다리였다. 나는 그걸 딛고 다른 세계로 건너왔다. 집도 그대로였고 나도 그대로였지만 분명히 세계는 어딘가 달라져 있었다. 나는 완전히 다른 사람이 되지는 않았지만 그렇다고 예전과 똑같은 사람도 아니었다. 집으로 돌아온 나는 수평으로 누워 있는 대신 직립보행이 가능한 종답게 일어나 걸었다. 손가락의 경련도 잦아들었다. 나는 부들거리지 않고 글씨를 쓸 수 있게 되었다. 글을 쓰는 것은 그다음에 생각하면 되었다.

항로표지원 이부연 씨

항로표지원 이부연 씨가 생을 마쳤을 때 몇 사람의 지인과 일가친척 말고는 아무도 그를 기억하지 못했다. 우리 대부분의 인생이 그러하듯이 말이다. 그러나 캄캄한 밤바다에 그가 환하게 밝힌 불빛을 본 사람들은 얼마나 많았을까? 안개가 뿌옇게 바다를 점령한 날 그가 울린 무신호(霧信號)를 듣고 흐릿한 항로를 헤치며 앞으로 나아간 사람들은 또 얼마나 많았을까? 1947년부터 1984년까지였다. 37년 동안 그는 서해의 여러 섬에서 등대를 지켰다. 자신이 하는 일의 의미를 누구보다 잘 알았고 누구 못지않게 근면했으며 운명의 부침을 담담히 받아들였던 그의 삶을 여기에 짧게나마 기록하고자 한다. 그의 한생이 완전히 잊히지 않도록.

*

이부연 씨는 1924년 강원도의 가난한 집에서 태어났다. 그의 부친은 글 읽는 것만 좋아해 변변한 벌이를 못하고 동네 아이들의 훈장 노릇을 하며 아이들의 부모가 쥐어주던 '훈료(訓料)'로 근근이 살았고, 중년 이후에는 큰형 집안의 농사일을 거들며 생계를 꾸렸다. 이부연 씨는 한문 서당에서 2년간 공부한 후 간이학교 2년을 포함해 보통학교까지 6년 동안 학교를 다녔다. 15세에 학교를 졸업한 후에는 아버지를 따라 농사일을 다니다가 어머니가 돌아가시던 해에 결혼했다. 17세 때였다. 큰아버지가 소개해준 김금녀 씨였는데 혼인날 처음 만났다. 19세에는 우편국에서 일자리를 구했다. 우편국장은 일본인이었다. 이부연 씨는 강원도 골짜기 곳곳을 다니며 편지를 배달하고 보험금을 징수했다. 조선 총독부 체신부가 재정 확충과 전쟁 비용 마련을 위해 조선 사람들에게 반강제적으로 가입하도록 한 간이보험은 매달 1원씩 납입해야 했다. 배달을 나가면 하루 만에 돌아오는 때도 있었고 사흘 만에 돌아오기도 했다. 한번은 폭설로 온 천지가 하얗게 변해 길을 잃고 눈 덮인 산길을 헤매다 죽을 뻔하기도 했다.

1945년 5월, 21세가 된 이부연 씨는 일본 정부에 징집되었다. 언제 돌아오리라는 기약 같은 것도 없이 전쟁이 끝나야만 돌아올 수 있는 길을 떠나야 했다. 그것도 살아남는 경우에만 가능한 일이었다. 가족과 영영 이별이 될 수도 있는 작별 인사를 나누었다. 그도 아내도 눈물을 흘렸다. 그는 만주에 가서 3개월간 강제 훈련을 받고 일본군이 되었다. 훈련 기간 내내 그는 기갈(飢渴)에 시달리고 학대를 받았다고 한다. 다행히 일본의 패망으로 해방을 맞아 9월에는 집으로 돌아올 수 있었다. 함께 떠난 장정이 200명이었는데 그중 27명만 귀환했다.

일본인들이 떠난 후 우편국장은 한국인으로 바뀌었다. 새로운 우편국장 신○○ 씨는 이듬해 이부연 씨에게 서해에 있는 섬 어청도의 우편국으로 함께 가지 않겠느냐고 제안했다. 일본군에 징집되기 전 우편국을 그만두었던 이부연 씨는 해방 후 변변한 직업이 없는 상태였다. 게다가 그는 큰아이를 홍역으로 잃고 작은아이는 사고로 잃었다. 아이 둘을 허망하게 잃고 나자 그곳에서 더 살고 싶은 마음이 없던 차였다. 그는 아내와 함께 우편국장을 따라나섰다. 1946년 3월 이부연 씨는 태어나서 바다를 처음 보았다.

그가 짧게 남긴 기록에 따르면, 어청도에 도착한 당시 그곳에는 가호 수가 80호에 480여 명이 살고 있었다. 어청도는 일찌감치 서해 뱃길을 눈여겨보았던 일본 정부에 의해 해상 요충지로 지목돼, 등대뿐 아니라 이런저런 시설과 공장까지 들어와 있던 꽤 큰 섬이었다.

그런데 애초의 계획과 달리 함께 왔던 신○○ 씨가 무슨 이유에서인지 고향인 전남으로 떠나버려서 이부연 씨는 우편국에서 일할 수 없게 되었다. 어쩔 수 없이 그는 마을에서 삯일이라도 구해야 했다. 마을 남자들은 대부분 어업에 종사해 집을 비울 때가 많았다. 집에 남은 여자들은 아이들을 키우며 밭을 일구어 농사를 지었다. 힘에 부치는 일을 도와줄 사람이 필요할 때면 이부연 씨를 찾았다. 이를테면 지게로 거름을 날라 밭에 펴는 일 같은 것 말이다. 그렇게 일하고 받은 삯으로 하루하루 어렵게 생계를 이어나가고 있던 어느 날, 산 너머에 등대가 있다는 얘기를 듣고 구경하러 갔다가 등대원(당시 항로표지원을 가리키던 명칭)을 만나게 되었다. 그 만남을 계기로 그해 11월부터는 등대에서 일하기 시작했다. 곧이어 강원도에 혼자 남았던 그의 부친도 섬으로 들어왔다.

그는 가족과 함께 등대 관사에 살면서 등대의 업무를 익히고 여러 가지 기계에 대해 배우려고 부지런히 일했다. 모든 종류의 선박들이 등대 없이는 항해할 수 없으므로 자신의 일터가 매우 중요한 기관이라는 것을 깨닫고 사명감도 생겼다. 자신의 일생을 바쳐 전력을 다해 일하리라는 결심도 했다. 그러면서 틈틈이 관사 주변의 밭도 일궜다.

그러던 어느 날 전 우편국장이었던 신○○ 씨로부터 편지가 왔다. 이부연 씨를 섬에 덩그러니 남겨두고 간 것이 항상 마음에 걸려 고심 끝에 우체국 외무직

자리를 마련해두었으며 일본인들이 경작하던 밭 3천 평을 잡아두었으니 자신이 있는 곳으로 오라는 내용이었다. 이부연 씨는 마음에 결심한 것이 있으므로 등대를 떠날 수 없다고 답장을 보냈다.

1950년 3월 이부연 씨는 역시 서해에 있는 섬 말도 등대로 전근되었다. 그리고 곧 한국전쟁이 시작되었다. 서해 해역에 떠 있던 미군 항공모함에서 출발한 전투기가 요란한 소리를 내며 육지로 날아가서 폭격하는 소리가 들리곤 했다.

하루는 자정 무렵 자고 있는데 누군가 창문을 두드렸다. 군산관리소의 주○○ 씨였다. 나가보니 인민군 치안대 두 사람이 함께 있었다. 그들은 작은 전마선(傳馬船: 큰 배와 육지, 혹은 배와 배 사이의 연락을 맡아 하는 작은 배)을 타고 들어왔다며 전투기가 등대 불빛을 보고 방향을 잡아 육지로 날아가 폭격을 해대니 등명기를 부수러 왔다고 말했다. 이부연 씨는 등대는 어느 나라에게나 필요하고 만약 인민군이 전쟁에서 승리하더라도 꼭 필요한 것이니 등명기는 그대로 두고 대신 수은을 빼면 된다고 말하며 그들을 만류했다. 당시에는

110

무거운 등명기를 수은에 띄워 회전시키는 수은중추식 회전등명기를 사용하고 있었다. 다행히 그들은 이부연 씨 말대로 수은을 빼서 섬을 나갔고 등명기는 무사히 지킬 수 있었다.

　얼마 지나지 않아 부산만 남기고 육지 전체는 인민군의 세상이 되었다. 그러나 바다는 아직 대한민국이었다고 이부연 씨는 기록했다. 등대장 가족 5명과 이부연 씨의 가족 5명은 전쟁 기간 동안에도 큰 고생 없이 무사히 지냈다. 부산 관내 표지선이 식량과 봉급을 전해주기도 했고 한번은 영국 해군 군함이 쌀과 부식 등을 보급해주고 가기도 했다.

　어청도에 사는 동안 아들 하나와 딸 하나를 얻었던 이부연 씨는 1954년 말도에서 아들을 또 잃었다. 여섯 살 아이는 등탑 아래 절벽으로 떨어졌다. 같이 있었던 딸아이가 하얗게 질린 얼굴로 달려와 오빠가 떨어졌다고 소리쳤다. 이부연 씨는 아내와 함께 달려갔다. 아내는 맨발이었다. 참혹한 슬픔에 빠진 가족들은 어둡고 무거운 마음을 떨쳐버리기 힘들었다. 이부연 씨는 말도를 떠나고 싶어 어청도로 전근을 신청했다.

이부연 씨는 어청도, 말도, 옹도, 격렬비열도, 연도 등 서해의 여러 섬을 오가며 일했는데 그중에서도 어청도에서 보낸 기간이 가장 길었다. 등대에서 일하기 전 먼저 섬마을에서 살기 시작해서 마을 사람들과 친분이 깊었던 섬도 어청도였다.

하나 남은 딸 이후에 이부연 씨의 아내는 딸 둘을 더 낳았고 그 아래로 아들 셋을 낳았다. 다행히 6남매는 큰 사고 없이 잘 자라주었다. 섬에서 초등학교까지 다닌 아이들은 중학교로 진학하기 위해 하나둘 섬을 나가야 했다. 어청도까지 여객선이 다니는 군산항에서 가까운 장항에 집을 얻었다. 그의 아내가 섬과 장항을 오가며 아이들을 돌보고 남편 뒷바라지를 하느라 고생을 많이 했다. 등대의 다른 직원들 가족도 대체로 그렇게 살았다.

이부연 씨는 1984년 정년을 맞아 퇴임했다. 정년 퇴임 후 그의 앞에는 예상하지도 못했던 긴 노년이 기다리고 있었다. 30여 년이나 될 줄은 그 자신도 몰랐다. 또 하나의 인생이라 해도 될 만큼 길고 고단했다.

등대를 뒤로하고 섬을 떠난 이부연 씨는 자식들이 사는 서울에 터를 잡았다. 1980년대 중반 무렵이었다. 자식들 가까이에 살더라도 그들에게 기대지는 않으려고 궁리 끝에 그가 택한 돈벌이는 뻥튀기 장수였다. 그는 뻥튀기 기계를 사서 버스 정류장 근처에서 뻥— 뻥— 요란한 소리를 울리며 뻥튀기를 만들어 팔았다. 말린 옥수수를 기계에 넣으면 강냉이가 나왔고 쌀알을 넣으면 튀밥이 나왔다. 그러나 하루 종일 길가에 나와 앉아 있는 것이 육순의 그로서는 몹시 힘에 부치는 일이었다. 얼마 후 그는 집 앞 골목에 세를 얻어 작은 구멍가게를 열었다. 아내와 함께 꾸려나갔던 가게 이름은 햇님슈퍼였다. 근처에 구청도 있었고 지하철역이 가까워 사무실도 많았다. 아내는 고구마며 찐 옥수수, 군밤, 삶은 달걀 같은 것도 준비해 팔았다. 회사원들이 오후에 간식으로 사가며 단골이 늘었다. 십수 년 동안 골목 건너로 위치만 한 번 옮겼을 뿐 햇님슈퍼에서 매일 같은 일을 하며 하루를 보냈다. 그러다 어느 날 아내가 쓰러졌다. 뇌졸중이었다.

자식들에게 부담을 주지 않으려고 이부연 씨

는 손수 아내를 돌봤다. 이따금 자식들이 반찬을 싸 와서 환자를 목욕시키곤 했지만 거동이 불편한 환자를 매일매일 먹이고 입히고 씻긴 사람은 그였다. 살림도 그의 몫이었다. 성실하고 꼼꼼한 사람이었던 그는 욕실이나 부엌을 물기 하나 없이 깨끗하게 건사했고 그 덕분에 좁은 임대 아파트였지만 집 안이 늘 정갈했다. 오랜 병치레 끝에 아내가 세상을 떠나자 그의 건강도 급속도로 허물어졌다. 혼자 남은 그를 아들 중 하나가 모셨다. 얼마 지나지 않아 치매 증상이 나타났고 더는 집에서 돌볼 수 없는 지경이 되자 그는 요양원으로 들어갔다. 2013년 겨울, 그는 조용히 세상을 떠났다.

*

초등학교 4학년 수업시간에 선생님이 등대지기는 등대의 불을 밝혀야 하기 때문에 밤에 일한다고 말했다. 나는 손을 들고 이의를 제기했다.

"아닌데요? 저희 할아버지가 등대지기신데요, 밤에는 주무세요. 등대에 불을 켜놓고 자면 되잖아요!

밤에는 등대 직원들이 돌아가면서 당직을 설걸요?"

머쓱해하던 선생님이 뭐라고 대꾸하셨는지는 생각나지 않는다. 어린 나는 할아버지가 등대지기라는 사실에 좀 우쭐했던 것 같다. 너희들은 모르는 것을 나는 안다. 등대를 알아. 너희들은 본 적 없는 하얀 등탑도 보았지. 푸른 잔디를 밟고 야트막한 경사지를 내려가면 등탑이 거기 있다.

가까이에서 보면 등탑이 사실 그렇게 새하얗지는 않았다. 외벽의 흰색 페인트는 군데군데 말라서 갈라졌고 세월의 더께가 끼어 있었다. 막냇삼촌이 열쇠를 가져와 등탑의 문을 여는 동안 오빠와 함께 뒤에서 기다리던 나는 가슴이 두근거렸다. 저 안에는 뭐가 있을까? 정말 저기 꼭대기까지 올라갈 수 있을까? 끼이익 소리를 내며 철제문이 열렸다. 안으로 들어가자 천장 꼭대기까지 이어진 나선형의 철제계단이 있었다. 위태로워 보이는 그 계단을 디딜 때마다 우리의 발소리가 원통형의 등탑 내부에 나선형으로 울려 퍼졌다. 계단 끝에 난 문을 열고 나가니 일단 바람이 있었다. 바람이 거세서 숨 쉬기조차 힘들었다. 난간을 붙잡지 않았으면 나의 조그맣고 여린 몸이 날아갔을 것이다. 그리고 거기 눈앞에 바다가 있었다. 강한 햇빛이 눈을 찔렀지만 얼마 지나지 않아 까마득하게 멀리 수평선이 보였다. 한동안 난간을 붙잡고 바람에 펄럭이며 먼바다를 바라보던 우리는 등탑에 등을 기대고 앉았다. 원형 벽에 등 그렇게 원을 그리며 기대앉은 우리의 시선은 각각 다른 곳을 향했다. 그러나 세 사람 모두 같은 것을 바라보았다. 바다, 수면에 부딪친 햇빛이 차갑게 얼어붙은 듯 반짝이는 바다, 크고 작은 어선 몇 척이 떠 있는 검푸른 바다, 그리고 파랗고 파랗던 여름 하늘. 섬의 가장 높은 곳에 등대가 있었고 우리는 등탑의 가장 높은 곳에 앉아 있었다. 어디에선가 계속해서 불어오는 바람이 다 내 안으로 들어와서 몸이 부풀어버렸다. 삼촌과 오빠도 마찬가지였다. 우리는 통통 부은 서로의 얼굴을 가리키며 웃었다.

어청도 등대의 밤을 기억한다. 일제시대에 지어진 관사의 삐걱거리던 마루, 70~80년대 당시 보통의 주택과 달리 실내에 있던 건식 화장실, 다다미방. 우리 남매와 사촌 아이들은 그 다다미방 안에 쳐놓은 커다란 모기장 안으로 쫓겨 들어갔다. 빨리 자라는 소리를 들으며 우리는 모기장 안에서 할 수 있는 놀이를 했다. 밤에는 밖에 나가지 못하는 어린이였던 나는 사실 등대의 밤을 모른다. 여름마다 등대에 갔으면서도 밤바다를 밝히는 등대의 불빛을 보지는 못했다. 등대의 불빛은 밤바다에서나 볼 수 있는 것이었다.

　　휴가 날짜를 서로 맞추어 이모와 삼촌들이 함께 섬으로 들어왔다. 어른들은 재미있는 것을 자기들끼리만 했다. 낮에는 홍합을 따러 가고 밤에는 밤낚시를 하러 갔다. 밤에 전등을 들고 갯바위 아래까지 내려가 장어를 잡아 왔던 날에는 아이들도 모기장을 들추고 나와 안방으로 건너갔다. 그러나 갓 잡은 장어의 껍질을 벗겨 뼈째로 썬 장어회는 뼈가 씹혀서 잘 먹을 수가 없었다. 그것보다는 할머니가 부뚜막에서 허리를 구부리고 썰어주신 해삼이 더 맛있었다. 도마 위에서 초고추장에 들렀다가 바로 내 입으로 쏙 들어와 오독거리며 씹히던 쌉싸름한 바다의 맛. 막냇삼촌이 구워주던 홍합도 잊을 수 없는 맛이었다. 점심을 먹고 난 후 어른들은 빈 자루를 들고 나가 갯바위에서 홍합을 따 왔다. 마당에 홍합이 가득 든 부대 자루를 부려놓은 후 그 자리에서 바로 마당 화덕에 큰 솥 가득 홍합을 삶았다. 삼촌은 장작을 넣어 불을 때며 화덕 앞에 앉아서 홍합을 구웠다. 홍합의 껍데기를 벌려 고추장을 올린 후 불길 속에 넣었다. 나는 삼촌 옆에 바짝 붙어 앉아 뜨겁고 달콤한 육즙을 호호 불며 잘 구워진 홍합을 먹었다. 나중에 어른이 된 후 포장마차에서 처음으로 홍합탕이라는 것을 먹었을 때 나는 나도 모르게 소리치고 말았다. "이게 홍합이라고? 이게 무슨 홍합이야!"

아이들이 섬을 즐길 수 있는 유일한 놀이는 물놀이였다. 등대 근처에는 모래사장이 없어서 물놀이를 할 수 있는 곳은 민물고랑뿐이었다. 등대 입구 아래쪽으로 내려가면 섬 쪽으로 움푹 들어온 지형 덕분에 비교적 안전한 곳이 있었다. 산에서 내려오는 민물이 고인 샘이 있어서 민물고랑이라고 불렸다. 표면이 거친 바위를 조심조심 디뎌 바닷물 속으로 들어가 첨벙거렸다. 물속에서 입술이 파래질 때까지 놀다가 나와서 민물이 고여 있는 샘에서 바닷물을 씻어내고 관사로 올라

오곤 했다.

어릴 때 섬에 여러 번 갔지만 할아버지와 함께 했던 기억은 많지 않다. 할아버지는 아침 일찍 사무실로 출근하셨고 놀러 온 사람들은 노느라고 바빴다. 놀다 보면 할아버지는 어느 틈에 우리 곁에 와서 뒷짐 진 채 우리를 보고 계셨다. 그때 할아버지의 얼굴에는 미소가 가시질 않았다. 할아버지는 키가 크고 미소가 아름다웠다. 약간 쉰 듯한 목소리는 좀 큰 편이었다. 긴 다리로 성큼성큼 오갔으나 몸놀림이 재지 않아 점잖은 인상을 풍겼고 무슨 일이든 차근차근 고집스럽게 해내는 사람이었다.

할아버지가 등 뒤로 등탑이 보이는 곳에 서서 찍힌 사진이 있다. 멀리 사는 동안 할아버지를 떠올리면 항상 그 모습이 생각난다. 할아버지는 항상 등대에 있는 사람이었고, 그렇게 항상 등대의 일부였다.

그 섬에 다시 가보면 어떨까? 그 섬은 어떻게 변했을까? 그 섬은 아직 거기에 있고 오늘이라도 기차를 타고 배를 타면 그곳에 도착할 수 있다. 그러나 그때의 그 섬이 아직도 거기에 있을까?

뱃멀미에 시달리다 여객선에서 내리면 할아버지가 기다리고 있던 선착장, 등대까지 가려면 여름날 30분 넘게 걸어야 했던 산길, 멀미에 지친 우리의 위장을 달래주려고 할머니가 미리 만들어놓은 시원한 냉미역국, 옥수수를 찌고 홍합을 삶느라 커다란 양은솥이 걸려 있던 마당의 화덕, 운치 있게 낡은 일본식 관사, 싱싱하고 푸른 잔디와 유구한 역사를 간직한 하얀 등탑과 등탑 주변의 돌담까지. 내 머릿속엔 그 섬에 대한 기억이 아직도 생생하다.

이제 어청도 등대의 옛 관사는 사라졌다. 새로운 건물이 들어섰고 마을에서 등대까지 이어진 산길에는 이제 자동차가 오갈 수 있게 되었다. 아름다웠던 과거의 어청도 등대는 소설 속 한 장면처럼 내 기억 속에만 남아 있다.

*

할아버지는 어느 날 커다란 가방에 옷가지와 소

지품을 챙겨 집을 나섰다. 수원에 사는 큰딸네 집에 갈 생각이었다. 지하철역에 가서 역무원에게 수원역으로 가는 방법을 물었다. 역무원은 친절하게 설명해주었다. 할아버지는 지하철 안에서도 환승역에서도 이 사람 저 사람에게 물어가며 수원역까지 갔다. 잠시 성당에 갔다가 집에 돌아와 할아버지가 사라진 사실을 알게 된 숙모는 다급히 삼촌에게 연락했고 삼촌은 경찰에 신고했다. 모든 가족에게 소식이 알려졌다. 지하철역 CCTV에 찍힌 할아버지의 사진으로 실종자 전단이 만들어졌다. 가족 몇몇이 수원역으로 갔다. 나는 아버지와 함께 할머니 산소로 출발했다. 할아버지를 만났던 역무원의 말에 따르면 목적지가 수원역이었지만 할아버지가 실제로는 거기로 가지 않았을 가능성도 있었다. 몹시 뜨겁고 무더운 날이었다. 한시라도 빨리 찾지 않으면 기력이 떨어진 노인에게 무슨 일이 생길지도 몰랐다. 시골길에 흙먼지를 일으키며 달려간 산소에는 인적이 없었다. 산소에서 내려오며 나는 속으로 중얼거렸다. '할머니 걱정 마, 할아버지는 우리가 꼭 찾을게.' 그때 전화벨이 울렸다. 수원역 근처에서 할아버지를 찾았다는 소식이었다. 역 대합실과 역 근처 노점상에 전단을 뿌렸는데, 그중 한 과일 노점상에서 전단을 눈여겨보았다가 길을 잃고 헤매는 할아버지를 발견하고는 연락해준 것이다. 고맙게도 그 상인분은 할아버지가 딴 곳으로 가지 않게 붙잡아두고 있었다. 더위와 갈증에 지쳐 있던 할아버지는 복숭아를 달게 잡수셨다고 했다.

할아버지는 수원역에서 큰딸네 집에 가는 길이 기억나지 않아 헤맸다고 한다. 큰딸이라면 내 어머니인데 우리 가족이 수원을 떠난 것은 30년 전이다. 30년 전에는 수원역에서 매산시장을 거쳐 대한통운 쪽 골목으로 걸어가면 세류동 우리 집에 갈 수 있었다. 그는 그 길을 찾고 있었다. 그러니까 그날 할아버지는 30년 전의 거리를 걷고 있었던 것이다. 그렇게 어느 날에는 40년 전의 집으로도 가셨겠지. 50년 전의 섬은 또 어땠을까. 그는 90년 인생의 마지막 몇 년을 과거로 돌아가 과거의 어느 날인 것처럼 살았다. 그리고 어느 날 병원 중환자실에서 마지막 숨을 거두었다.

키가 훤칠하게 크고 웃는 모습이 멋있었던 할아버지는 마지막 날 침상에서 조그맣게 쪼그라들어 있었다. 그는 밭은 숨을 쉬며 눈도 잘 뜨지 못했다. 그의 길쭉했던 골격은 줄어들었고 모든 살은 자글자글 주름져 있었다. 인간은 모두 죽음에 가까이 갈수록 작아지고 줄어들고 쪼그라들다가 아주아주 작은 점이 되어 사라지는 것일까? 내 할아버지 이부연 씨는 그렇게 세상에서 사라졌다.

이 이야기는 순전히 내가 아는 이부연 씨의 삶이다. 내가 본 사람, 내가 들은 사람, 내가 겪은 사람. 그의 아내 김금녀 씨가 아는 이부연 씨는 어떤 사람이었을까? 70년 가까이 같이 살았고 뇌졸중으로 오랜 병치레를 했던 그녀의 생애 마지막 날까지 곁을 지켰던 이부연 씨. 맏딸인 내 어머니가 아는 이부연 씨는 어떤 사람이었을까? 아들 셋을 차례로 잃은 후 유일하게 남았던 어린 딸을 땅에 내려놓을 새 없이 귀하게 여기며 사랑을 쏟아부었던 이부연 씨. 둘째 딸, 셋째 딸, 그리고 또 세 아들이 보았던 이부연 씨는 어떤 사람이었을까? 그를 아는 사람들이 모두 한자리에 모여 각자 자신이 알고 있는 이부연 씨에 대해 이야기하는 날이 오면 좋겠다. 그러면 내가 몰랐던 이부연 씨, 당신이 몰랐던 이부연 씨가 어느 날 온전한 이야기가 되어 우리 기억 속에 오래도록 남을 것이다.

후기

할아버지와의 인터뷰를 녹음한 보이스레코더에서는 할아버지와 내 목소리만 들리지만 사실 그때 옆에 할머니도 계셨다. 뇌졸중으로 거동도 못하고 말씀도 못하시던 할머니는 이부자리에 누운 채 우리 두 사람의 대화를 가만히 듣고 계셨다. 인터뷰 중간에 할아버지는 박하사탕을 까서 할머니 입에 넣어주시고 나에게도 하나 주셨다. 그날의 기억은 박하향과 함께 남아 있다.

내가 너무 게을러서 할머니의 목소리를 남기지 못했다. 할머니야말로 풀지 못한 이야기보따리가 수십 개는 있었을 텐데 말이다. 할아버지는 조용하고 다정한 분이었던 데 반해 할머니는 무슨 얘기를 해도 재미있게 하는 분이었다. 할머니가 말을 잃고 나서야 나는 정신이 번쩍 들었고 그래서 간신히 할아버지의 목소리를 남길 수 있었다.

게으르다는 형용사

또 벽이 나타난다. 나는 반가운 마음으로 그것을 가만히 바라본다. 희미한 윤곽으로만 존재하다가 그것이 또렷해지는 순간이 있다. 벽을 넘어야 한다. 촘촘하게 아귀가 잘 맞는 벽돌로 쌓아 올려져 손을 넣을 틈도 발을 디딜 틈도 보이지 않는다. 나는 굳게 서 있는 벽을 넘어가려고 안간힘을 쓴다. 나는 여러 번 미끄러진다. 어깨로 있는 힘껏 밀어보기도 한다. 벽 너머에는 내가 해야 할 일과 만나야 할 사람이 있다. 나는 벽으로부터 조금 물러났다가 달려가 벽을 발로 찬다. 몇 차례 뒤로 물러났다 벽으로 돌진하기를 반복하다 보면 어느 순간 벽을 단숨에 통과해서 벽 너머로 나동그라진다. 뒤돌아보면 벽은 어디 한군데 부서지지도 무너지지도 않은 채 그대로 말끔하게 서 있다. 다만 윤곽이 차츰 희미해질 뿐. 벽은 언제나 벽일 뿐이다. 그 벽의 이름은 마음의 저항.

*

어릴 때부터 누가 깨우지 않아도 아침 일찍 일어났다. 학교 갈 준비를 스스로 알아서 잘했고 이른 아침 사람들이 많지 않은 한적한 길을 걸어 등교했다. 교실에 제일 먼저 도착할 때도 많았다. 창문을 다 열어놓은 뒤 텅 빈 교실에 앉아 책을 읽는 게 좋았다. 집에 돌아온 후에는 숙제부터 해놓고 놀았다.

게으름뱅이는 아침에 혼자 일어나지도 못하고 몇 번씩이나 누군가 깨워줘야 간신히 몸을 일으켜 얼굴에 물을 묻히고 입에 밥을 넣는 둥 마는 둥 하다가 가방을 어깨에 다 메지도 못한 채 집을 뛰쳐나간다. 교실로 사무실로 헐레벌떡 뛰어드는 자들이 집에서 모두 이렇게 나간다. 우리 집에도 그런 사람이 한 명(오빠) 있어서 잘 안다. 어릴 때부터 나는 게으름뱅이들을 (오빠는 빼고) 싫어했다.

날더러 게으르다고 말한 사람은 여름씨가 유일했다. 그 말을 처음 들었을 때 나는 이상하게 기분이 좋았다. '내가 뭐가 게으르다는 거야?'라는 생각 대신 '아! 나는 게으른 사람이었구나!' 하는 생각이 들었다. 보통 게으르다는 평가는 비난을 포함하는데 여름씨의 말은 비난이 아니었다. 그는 나에게 그렇게 게으른 마음으로 그렇지 않은 척하면서 살기가 얼마나 힘들었냐고 했다. 그가 나에게 게으름뱅이라고 말했을 때 왜 기분이 좋았는지, 왜 이상한 안도감이 들었는지 깨닫기까지 시간이 좀 걸렸다. 나는 원래 느린 사람이었으니까. (아니 그런데 이 사람은 어떻게 단숨에 나를 꿰뚫어 보았을까?!)

내가 게으르다는 말에 왜 기분이 좋았는지 궁금해진 나는 게으르다는 말의 뜻을 찾아보았다.

게으르다: [형용사] 행동이 느리고 움직이거나 일하기를 싫어하는 성미나 버릇이 있다.

내가 정확히 그랬다! 생각이 느리고 행동이 굼뜨고 일하는 걸 싫어했다. 생각이 느리니 행동으로 옮기기까지 오래 걸렸고 움직이기보다는 가만히 있는 게 좋았고 해야 할 일 앞에서는 늘 한숨부터 나왔다. 달리기를 잘하고 운동신경이 좋아서 나조차도 내가 느린 사람인 줄 몰랐다. 생각해보면 어릴 때 내가 누구보다 빨리 달릴 수 있었던 건 그저 다른 아이들보다 키가 커서 보폭이 길었기 때문이었을 것이다. 운동신경이 좋다고 해서 모두 몸놀림이 잰 것은 아니다. 그러니까 나는 그저 운동신경이 좋은 게으름뱅이였던 걸까.

돌이켜보면 어릴 때부터 어머니와 자주 부딪쳤던 이유는 그녀와 나의 속도 차이 때문이었다. 나의 진짜 속도를 알 수 있었던 곳은 대중목욕탕이었다. 어머니는 매번 답답하고 속 터진다는 표정으로 내게 말했다. "때를 왜 그렇게 슬렁슬렁 밀고 있니? 빨리 하고 가야 되는데! 이렇게 해야지." 그러면서 몸소 시범을 보여주었다. 나는 억울했다. 내가 할 수 있는 최대한으로 열심히 때를 밀고 있었기 때문이다. 어떻게 지금보다 더 빠를 수가 있어? 내 살을 후다닥 다 벗겨내란 말이야?

그러나 나는 입을 비죽 내밀기만 할 뿐 이런 말은 속으로 삼켰다.

그래도 어머니는 내게 "야 이 게으름뱅이야. 누굴 닮아 그렇게 게을러 빠졌니?" 같은 소리는 한 번도 하지 않았다. 어머니는 우리 남매를 양육하는 데 아동 백과사전을 늘 참조했는데, 아이들에게 그런 식으로 말하면 안 된다고 그 책에 쓰여 있었기 때문이다. 그런 소리를 들어보지 않았기 때문에 나도 내가 게으른 사람인 줄 몰랐다. 나는 일찍 일어나는 사람이고 숙제도 빨리 해놓는 사람이니까 부지런한 사람인 줄 알았다. 어쩌면 나는 부지런한 게으름뱅이 같은 것이었을까.

나는 어머니나 선생님에게 칭찬받으려면 어떻게 해야 하는지 일찌감치 간파했고 어른들은 그런 나에게 어른스럽다고 했다. 나는 그걸 칭찬으로 알아들었으므로 어린 나는 어린아이다운 적이 없었다. 느러터지고 굼뜬 아이는 야단맞아야 하는 것으로 알았으니까 나도 모르는 사이에 그렇게 보이지 않으려고 애썼던 게 아닐까.

그러나 아무리 노력해도 어머니의 속도는 따

라갈 수 없었다. 어머니는 하루에도 어마어마하게 많은 일을 해냈다. 해도 해도 끝나지 않는 집안일을 해치웠고 아버지가 운영하던 작은 회사의 이런저런 일들까지 처리했다. 게다가 어머니는 맏며느리였고 자신의 형제 중 맏이여서 양가에 그녀를 필요로 하는 일이 많았다. 내가 보기에 어머니는 적어도 다섯 사람이 할 수 있는 일을 해내고 있었다. 그런 사람에게 내가 어때 보였을지는 자명했다. 어머니로서는 내가 대학을 졸업한 후 취직을 하거나 대학원에 가거나 하지 않는 것도 이해할 수 없었다. 결혼 후 아이 없이 사는 것도 마찬가지였다. 자신이라면 아이 키우면서 직장도 다니고 동시에 야간 대학원에라도 다닐 수 있는데 내 딸은 왜 그러지 못하는지 어머니는 의아했다. 여건만 됐다면 어머니는 충분히 그러고도 남았을 사람이었다. 나는 어머니가 가진 엄청난 의욕과 에너지와 근면함을 존경했고 누구도 따라잡을 수 없는 그 속도에 경탄하며 그것을 부러워하긴 했지만 딱 거기까지였다. 어머니는 나와 다른 부류의 사람이었고 내가 그녀처럼은 살 수 없다는 것을 알았기 때문이다. 이런 깨달음에 이른 것은 내가 나이를 좀 먹은 후였기 때문에 그때까지는 어머니와 자주 다퉜다.

그런 나에게 누군가 나타나 게을러도 된다고 말해준 것이다! 어머니는 늘 내게 오늘 할 일을 내일로 미루지 말라고 말했는데, 여름씨는 내일 할 수 있는 일, 내일 해도 되는 일을 왜 오늘 하지 못해 괴로워하면서 스트레스 받느냐고, 안 그래도 된다고 말해주었다. 일하기 싫어하는 습성을 가진 사람은 지금 당장 일하는 것보다는 일하지 않는 것을 더 좋아하기 때문에 나는 여름씨의 말을 점점 더 믿게 되었다. 나는 그래서 점점 더 마음 놓고 게으르게 살았다. 나중에는 여름씨마저 감탄할 정도로 게으름의 정수를 보여주었다.

게으름뱅이인 줄 알았던 오빠는 사실 어머니처럼 근면하고 성실한 부류였다. 그저 아침잠이 많았을 뿐인데 내가 오빠를 많이 오해했다. 나는 나 자신도 많이 오해했다. 나는 어릴 때부터 게으름뱅이들을 싫어했지만 사실은 마음속으로 그들을 부러워했다. 나도 마음껏 게으르고 싶었던 걸까?

*

　게으름이 비난받아 온 역사는 유구하다. 기독교 문명이 서구 사회를 장악하면서부터 게으름은 영혼의 가장 큰 적이자 악이 된다. 근면함은 인간 자신을 위한 것이 아니라 신을 위한 것이었다. 막스 베버의 『프로테스탄트 윤리와 자본주의 정신』은 그러한 생각의 결정판이라고 할 수 있는데, 프로테스탄트는 직업을 신이 개인에게 부여한 소명으로 여겼고 노동을 신에게 봉사하는 것으로 여겼다. 게으른 자들은 천국에 들어갈 수 없었다. 게으른 사람은 부도덕하고 가난하며 실패한 인생이라고 낙인찍혔다. '게으름뱅이=가난뱅이'라는 공식은 가난이 사회의 구조적 문제가 아니라 개인의 악습 때문이라는 관념을 퍼뜨렸다.

　그런데 언제부터인가 게으름을 찬양하는 사람들이 나타났다. 게으르다고 비난받는 사람들 중 책을 좋아하는 사람이라면 어느 날 버트런드 러셀의 『게으름에 대한 찬양』이라는 책이 눈에 띄었을 것이다. 게으르면서 책을 좋아한다면 이 책이 보이지 않았을 리가 없다. 누군가 책 한 권 분량을 할애해 게으름을 찬양해준 다니 얼마나 반가웠겠는가. 그것도 그냥 누군가가 아니라 당대의 내로라하는 철학자이자 수학자였던 버트런드 러셀이 말이다. 그러나 책을 펼쳐본 사람들 중 열에 아홉은 실망했을 것이다. 나도 그랬다. 책에 실린 15편의 에세이 가운데 게으름에 관한 글은 달랑 한 편뿐이고 그마저도 사실은 게으름에 관한 내용이 아니었기 때문이다.

러셀이 이 책에서 찬양한 것은 게으름이라기보다는 여가이다. 열심히 일하는 것이 미덕이라는 사회적 통념이 사실은 부자들(자본가 계급)이 가난한 노동자를 장시간 노동에 옭아매고 그들에게 여가를 허락하지 않으려고 견지하는 이데올로기라는 것이다. 부자들은 근면한 노동에 특별한 고귀함이 있다고 선전하고 종교는 부자들보다 가난한 자들이 천국에 갈 가능성이 더 높다고 거든다. 그것은 마치 남자들이 여자들을 계속해서 성적 노예 상태에 두면서 거기에 특별한 고귀함이 있다고 생각하게 만들려는 것과 똑같다고 러셀은 일갈한다. 산업 기술의 발달로 노동 시간이 줄어들어 노동자들이 여가를 보낼 수 있게 되었지만, 현대 사회는 잔인하게도 한쪽에는 과로에 시달리는 사람이 있는가 하면 다른 한쪽에는 실업으로 굶주림에 시달리는 사람이 있게 만들었다.

이처럼 게으름을 예찬한다고 표방하는 대부분의 책들은 사실 게으름 그 자체보다는 여유로움, 한가함, 느긋함 등을 예찬한다. 그러면서 개인적 성취와 경제적 이익을 좇아 빠르게 앞으로 앞으로만 내달리는 삶 대신, 천천히 자신과 주변 사람들을 돌아보고 내면에 집중하며 마음의 평안과 고요를 추구하는 삶을 권한다.

그러나 게으름은 여유로움이나 한가함, 느긋함과는 다르다. 사전적 의미 그대로 그저 행동이 느리고 일하는 것을 싫어하는 성격을 형용할 뿐이다. 게으름은 그 자체로 비난받거나 혹은 반대로 칭송받을 만한 습성이 아니다. '게으르다'는 동사가 아니라 형용사이기 때문에 안 하려야 안 할 수가 없는 무엇이다. 게으른 자는 그저 게으를 뿐이다.

게으른 사람은 만사 천하태평일 것이라거나 성격이 급하지 않고 느긋할 것이라는 생각도 틀렸다. 일하는 속도가 느려터져서 제일 속 터지는 사람이 바로 당사자이다. 해야 할 일을 미루며 버티기에 들어가면 초조해진다. 아니 이럴 바에는 차라리 그냥 시작해버리면 되잖아! 마음속으로 이렇게 소리치며 계속 버틴다.

어떤 일 앞에서 나는 늘 막막하고 심란했다. 그 어수선한 마음을 들여다보면, 완벽하게 잘해내고 싶은 열망과 제대로 못할 것 같은 두려움과 잘하든 못하든 일단 과감하게 시작해보고 싶은 용기와 어떻게든 시작을 미루고 싶은 겁쟁이의 마음이 혼재되어 있다는 걸 알 수 있다. 이 여러 마음들이 서로 힘겨루기를 하는 동안 나는 꼼짝도 하지 못하고 버티기만 한다. 그러다 지쳐서 힘이 빠질 때쯤 그제야 희미했던 그 벽의 윤곽이 보이기 시작한다.

어떤 일과 나 사이에는 보이지 않는 벽이 있다. 나는 그것을 마음의 저항이라 부른다. 처음엔 벽이 잘 보이지 않는다. 보이지 않으니 어깨로 밀어볼 수가 없고 발로 찰 수가 없고 그래서 벽을 통과할 수가 없다. 어느 날 벽을 볼 수 있게 되고 나서야 나는 그것을 통과할 수 있었다. 벽이 또렷하게 드러날 때에야 비로소 나

의 마음에는 그것을 돌파할 힘이 생긴다. 벽이 모습을
드러내면 그래서 반갑다. 이제 저걸 넘어간다.

　뭔가를 시작하기도 전에 이미 이렇게 많은 시간
과 에너지를 써버리기 때문에 게으름뱅이는 효율이 좋
은 부류가 아니다. 나는 지금껏 단 한 권의 소설집을 냈
는데 내가 게으르지 않았다면 두 권, 세 권도 썼을 것이
다. 더 많은 분량을 썼다면 좋은 글을 쓸 가능성도 더
많았을 것이다. 그 숱한 가능성들이 다 사라졌는데 그
원인이 고작 나의 게으름 때문이었다는 사실이 꽤 웃기
고 씁쓸하다.

　내 본성을 거슬러서 일을 미루지 않고 착실하게
해내며 꾀부리지 않고 꾸준히 노력하며 살려고 무진장
애를 썼다. 그러다가도 누군가(부지런한 근성의 소유자)
는 나처럼 이렇게 낑낑거리며 애쓰지 않고도 내가 바라
는 상태—뭔가를 근면하게 해내는 상태에 도달할 수 있
을 텐데 나는 어쩌면 이다지도 게으른 근성의 소유자인
가 싶어서 가끔은 신경질이 나기도 한다.

　나는 이제 어떤 일을 완벽하게 해내자고 다짐하

는 대신 할 수 있는 만큼만 하자고 생각한다. 내 능력만큼, 내가 가진 속도로, 내게 있는 적은 양의 의욕과 내가 만들어낼 수 있는 에너지만큼만 하려고 한다. 이 결심은 자주 흔들리고 쉽게 잊히지만 결국 다시 돌아올 수밖에 없는 결론이다. 어느 누구라도, 할 수 있는 것은 할 수 있고 할 수 없는 것은 할 수 없다.

이 글은 나의 모든 작업과 마찬가지로 벽 너머에 있었다. 이 글을 완성하기까지 내가 어떤 벽과 싸웠는지 어떻게 그 매끄럽고 미끄러운 벽을 통과했는지 짐작하실 수 있을 것이다.

타원형 궤도를 따라 태양을 도는
중국 찻주전자

나는 유아 세례를 받았다. 꼬박 스무 해 동안 성당에 다녔다. 일요일 아침에는 〈들장미 소녀 캔디〉나 〈은하철도 999〉에 정신이 팔려 있다가도 어머니에게 쫓겨 어린이 미사에 갔다. 미사에 늦으면 큰일 나는 줄 알고 성당까지 뛰어서 갔다. 어머니는 매일 묵주기도를 했는데 어린 오빠와 나도 동참하도록 하셨다. 성모상 양옆에 촛불을 켜놓은 후 묵주를 한 알 한 알 세면서 기도문을 암송했고 자주 꾸벅꾸벅 졸다가 서로를 툭툭 쳐서 깨워주곤 했다. 봄에는 성지순례를 가고 여름에는 여름 성경학교에 다녔다. 가을에는 성당 체육대회가 열렸고

겨울에는 피정의 집에 갔다. 가족도 친구도 친하게 지내던 이웃도 대부분 가톨릭 신자였다. 나의 작은 세계에서 가톨릭은 종교이기 이전에 일상 그 자체였다. 나는 일부러 생각해볼 겨를도 없이 대부분의 사람들이 신이 존재한다고 믿는 세계에 태어나 그 안에서 살았다.

중고등학교에 다닐 때만 해도 성당에 가는 이유 중 가장 큰 이유는 주일학교 친구들을 만나기 위해서였다. 매주 미사 두어 시간 전에 주일학교 교리 시간이 있었다. 말이 교리지 학교에서는 하지 못하는 다양한 활동을 할 수 있어서 재미있었다. 학교처럼 반이 나뉘어 있는 게 아니라 초등학교 때부터 중고등학교를 거치며 오랜 시간 함께한 친구들과는 무엇을 해도 좋았다.

고3이 되어서는 주일학교에 가지 않고 미사에만 참석했다. 그제야 다른 이유 없이 신앙의 힘만으로 성당에 다니게 된 것이다. 물론 일요일마다 성당에 가던 관성의 힘이 더 컸을 것이다. 그 이유가 무엇이든 비로소 신이라는 존재를 마주한 것과 다름없었다. 고3이었던 나의 기도는 대부분 정신 차리고 집중할 수 있게 해달라는 거였다. 이런저런 걱정이나 나태함 같은 것에 흔들리지 않고 마음이 고요해지도록, 그래서 마음이 단단해질수 있도록 도와달라고 기도했다. 그런데 가만있어 봐, 내가 지금 누구한테 말하고 있는 거지? 기도는 내면에서 나 자신에게 말하는 다짐과는 분명히 다른 것일 터였다. 기도하면서 눈을 감으면 나의 내면이 캄캄한 어둠 속에서 끝이 보이지 않게 넓어지는데 그 넓어진 내면에서 내 목소리만 울리고 있었다. 하느님을 기도 속에서도 만나지 못한다면 대체 하느님은 어디에 있는 것일까? 내 말을 아무도 듣지 않고 그 말에 아무도 대꾸하지 않는다면 기도는 다짐과 무엇이 다를까? 여기에 누군가 있다고 치고 계속 중얼거려야 할까? 그럼 이건 혼잣말인데? 대입 시험 말고는 다른 것을 찬찬히 생각할 여유가 없었던 나는 기도인지 다짐인지 혼잣말인지 알 수 없는 중얼거림으로 그 시절을 견뎠다.

대학에 다니면서부터는 자연스럽게 성당에서 멀어졌다. 자연스럽게? 그건 어떤 식이었을까? 일요일에 학교 친구들과 약속이 생긴다. 미사를 한 주 빠진다. 그다음 주에 미사를 가면 되지만 미사를 빠졌으니 고해성사를 해야 한다. 미사에 참석하는 것도 쉽지 않은데 미사 전에 고해성사까지 보려면 마음의 준비를 더 단단히 해야 성당에 갈 수 있다. 고해성사는 다음에 하기로 하고 미사에만 참석한다. 마음이 꺼림칙하다. 그다음 주에도 어떤 이유 때문인지 미사에 참석하지 않는다. 성당에 가는 게 점점 더 어려워진다. 그리고 언제부턴가 나는 더 이상 성당에 가지 않게 되었다.

고등학교를 졸업한 후 다른 성당 친구들은 성당 청년회에 들어가거나 성가대에 들어가거나 주일학교 교사를 하는 식으로 소속을 갖고 사람들과 관계를 유지하며 성당에서 여러 활동을 했는데 나는 그러지 않았다. 왜냐하면 성당보다 학교에서 하는 일들에 정신이 팔려 있었기 때문이다. 읽고 싶은 책을 읽고 세미나를 하거나 선배들과 시국토론회 같은 데 가거나 데모를 하러 가거나 술을 마시러 가거나 했다.

성당에서는 멀어졌지만 어머니와는 멀어지지 않았으므로 성당에 가지 않는 문제로 어머니와 자주 갈등이 있었다. 어머니에게 성당에 가지 않는 이유를 정확하게 말하기 위해 처음으로 곰곰이 생각해보았다. 나는 왜 성당에 가지 않는 것일까? 분명한 것은 단순히 귀찮거나 바빠서 가지 못하는 건 아니라는 거였다. 나는 왜 성당에 가는 게 싫을까? 그때 알게 되었다, 나에게 신앙심이 없다는 것을. 나는 성당의 조용하고 성스러운 분위기를 좋아하고 엄숙한 미사 의식도 좋아하고 성당에서 만나는 사람들도 좋아했지만 결정적으로 제일 중요한 요소인 신앙심이 별로 없었다. 찬찬히 생각해볼 시간이 생기자 과연 정말로 신이 존재하는 것일까 하는 근본적인 의문이 떠올랐다.

*

'신을 믿는다'라는 문장과 '혜영이를 믿는다'라는 문장에서 '믿다'라는 동사가 다른 뜻으로 사용된다는 점은 매우 흥미롭다. 이 문장들을 의문문으로 바꾸면 '믿다'의 뜻이 다르다는 점이 더 확연히 드러난다. 너는 신을 믿니? 너는 혜영이를 믿니? 후자부터 말하자면 혜영이를 믿느냐는 것은 사전적 의미 그대로 그에게 의지하며 그가 나의 기대를 저버리지 않으리라고 여기느냐는 뜻이다. 그런데 앞 문장처럼 그 대상이 신이 되었을 때는 그것이 존재한다고 믿느냐는 뜻이 된다. 물론 '믿다'에는 절대자나 종교적 이념 등을 받들고 따른다는 뜻이 있다. 그런데 신을 믿느냐는 물음은 흔히 신의 존재를 믿느냐는 뜻으로 받아들여진다. 실제로 존재하는 것이라면 우리는 그런 의미의 '믿다'를 사용할 필요가 없다.

내 친구 혜영이는 체구가 작은 편이고 단발머리가 잘 어울리며 다정하지만 시니컬한 말을 자주 내뱉고 실제로 존재한다. 그런데 신은? 신은 그에게 의지하며 그가 나의 기대를 저버리지 않으리라고 여기기 이전에 존재 여부부터가 문젯거리다. 실제로 존재하는지 알 수 없기 때문에 그것의 존재를 믿는다고 말하는 것은 아닐까? 혹은 실제로 존재하지 않기 때문에 믿기로 마음먹었거나? 어떤 것이 실제로 존재한다면 그것의 존재를 믿거나 말거나 할 문제가 아닐 것이다. 그냥 존재한다. 그러니 어떤 것이 존재하는지 알 수 없다면 그것의 존재를 믿는 것과 믿지 않는 것은 똑같은 값을 갖는 것이 아닐까? 마크 트웨인은 믿음이란 우리가 사실이 아니라고 알고 있는 것을 믿게 하는 능력이라고 했다.

신이 존재하지 않는다는 증거가 있느냐는 질문을 받은 적 있는데 그런 것을 왜 나에게 묻는지 모르겠다. 어떤 것의 존재 여부가 문제라면 그 대상이 존재한다고 주장하는 쪽에서 증거를 내놓아야 하는 게 아닐까? 존재하지 않는데 무슨 증거가 있겠는가?

버트런드 러셀은 증거를 가져와야 하는 책임이 누구에게 있는지 말하며 찻주전자 우화를 들었다. 지구와 화성 사이에 타원형 궤도를 따라 태양을 도는 중국 찻주전자가 하나 있으며, 그것은 너무 작아서 가장 뛰어난 망원경으로도 볼 수 없다고 누군가 주장한다. 러셀은 만약 그런 찻주전자가 존재한다고 옛 서적에 분명히 적혀 있고 일요일마다 그것을 신성한 진리라고 가르치며 학교에서도 그것을 아이들의 정신에 주입한다면, 그 존재를 선뜻 믿지 못하는 사람은 이상한 사람으로 여겨지고 이를 의심하는 자는 계몽시대의 정신과 의사나 그 이전의 종교 재판관의 이목을 끌게 될 것이라고 말했다. 상상할 수는 있지만 증명할 수는 없는 무수한 존재들이 있을 것이다. 그렇다면 그러한 존재들이 상상 속에만 있는 것이 아니라 실재한다고 주장하는 사람들이 그 증거를 보여주어야 한다. 찻주전자가 우주의 궤도를 돌고 있다고 주장하는 사람이 그 찻주전자를 보여주어야 한다. 내가 찻주전자가 없다는 증거를 찾을 이유가 없다. 그런 식이라면 나는 얼마나 많은, 세상의 존재하지 않는 것들이 존재하지 않는다는 증거를 찾아야 하겠는가.

어머니는 내게 보지 않고도 믿을 수 있어야 진정한 믿음이라고 말씀하셨다. 성서에도 그런 말이 있다. 보지 않고도 믿는 사람은 행복하다.(요한 20:29) 그 말을 들었을 때 돈키호테가 생각났다. 그는 길에서 만난 한 무리의 상인들에게 라만차의 둘시네아가 세상에서 가장 아름답다고 고백하라고 외쳤다. 상인들은 그 훌륭한 부인이 어떤 사람인지 모르며 그분을 보여준다면 기꺼이 원하는 대로 고백하겠다고 대답했다. 그러자 돈키호테는 이렇게 말한다.

"부인을 보여준다면……, 그토록 분명한 사실을 고백하는 게 뭐가 그리 대단한 일이겠소? 그 부인을 보지 않고도 그렇게 믿고 고백하고 확인하며 맹세하고 지키는 게 중요한 것이오."*

　　그래도 상인들은 초상화라도 보여달라고 맞섰다. 그러자 돈키호테는 화를 내며 소리쳤다.

　　"그토록 아름다운 부인을 모독하니 너희들은 그 대가를 치러야 할 것이다!"**

　　우리 모두가 아는 것처럼 둘시네아는 사실 돈키호테가 사는 마을 근처에 사는 농사꾼의 딸 알돈사 로렌소였다. 돈키호테가 자신이 한때 짝사랑했던 그녀에게 자기 상상 속 귀부인의 칭호를 준 것뿐이다.

　　어떤 사람들은 눈으로 보지 않고도 어떤 분명한 증거가 없어도 자기 머릿속의 존재가 실재한다고 믿을 수도 있을 것이다. 그런데 나는 그게 잘 안 되었다. 꼭 신을 보지 못했기 때문은 아니다. 신이 존재할 개연성을 납득하지 못했기 때문이다. 그게 전부다.

　　신이 존재하지 않는 증거가 있냐고 물었던 사람

＊ 미겔 데 세르반테스 사아베드라, 『돈키호테 1』, 안영옥 옮김, 열린책들, 2014. 96쪽.
＊＊ 같은 책, 97쪽.

은 신이 없다면 우주는 어떻게 시작됐으며 최초의 생명은 어떻게 탄생한 것이냐고도 물었다. 뭐든 다 안다고 하는 과학도 아직 그것을 밝혀내지 못했다고 말이다. 응? 과학이 뭐든 다 안다고 했다고? 과학은 그런 적이 없는데? 과학은 모르는 것을 모른다고 한다. 바로 이 지점이 과학과 종교가 다른 점 아닌가? 모르는 것에 대한 태도에서 과학과 종교는 확실히 다른 모습을 보인다. 과학은 모르는 것을 알고 싶어서 가설을 세우고 관찰과 실험을 통해 가설을 폐기하거나 그것을 증명해서 이론을 정립한다. 종교는? 종교는 물론 최고의 해결 방법을 갖고 있다. 바로 전지전능하신 신이다. 모든 것을 알고 있고 모든 일을 다 행할 수 있는 신이 있으니 그가 모든 것을 다 해낸다!

과학의 불완전함에도 불구하고 내가 종교가 아니라 과학을 신뢰할 수 있는 가장 큰 이유는 그것이 권위에 기댄 진리가 아니라는 점 때문이다. 과학적 발견은 몇몇 위대한 정신에 의해 이루어지지만 누구라도 그것을 실험을 통해 반복해서 확인할 수 있다. 종교는 다르다. 사제, 주교, 교황 등 권위를 가진 사람들이 진리를 결정한다. 삼위일체설만 봐도 그렇다. 초기 기독교 시대에는 여러 기독교 분파가 경합하며 각기 자신들의 종교적 관점을 주장했다. 이 경합에서 승리를 거둔 최후의 승자가 자신들의 교리에 '정통'이라 이름 붙이고 자기 이외의 것에는 '이단'이라는 딱지를 붙였다. 기독교 세계의 지배세력이 된 이 특정 그룹이 공의회를 통해 삼위일체설을 공포함으로써 예수의 정체가 인간인지 신인지 아니면 인간이면서 동시에 신인지 오랫동안 계속돼온 여러 분파의 공방에 종지부를 찍었다. 공의회에서 결정하면 신자들은 그것을 믿고 따르기만 하면 된다. 그런데 신자들은 그러한 결정을 가능하게 한 권위가 대체 어디로부터 온 것인지 궁금하지 않은지? 나는 그것이 궁금하다.

우주의 시작이나 생명의 기원은 여전히 수수께끼로 남아 있다. 인간에게 이 세계가 작동하는 방식을 알아낼 수단(이를테면 과학)이 없던 아주 오래전에는 종교가 수수께끼의 답을 제공했다. 아직 이해할 수 없는 것을 신비라 여기고 신의 섭리라 불렀다. 과학적으로 설명할 수 없는 현상을 신이 존재한다는 증거로 사용하는 논증은 '틈새의 신'이라고 불리는데, 그것은 기계 장치 신인 데우스 엑스 마키나(deus ex machina)와 아주 비슷한 데가 있다. 고대 그리스와 로마의 연극에서 기계 장치로 미리 준비해둔 신이 때맞춰 짠 나타나 극의 전개에서 꼬이고 꼬인 복잡한 문제를 단칼에 해결해버리는 바로 그 데우스 엑스 마키나 말이다. 그러나 이런 해결 방법이 좋은 것이 되기는 어렵다. 손쉽지만 억지스럽고 부자연스럽다. 현대의 어떤 관객은 이제 데우스 엑스 마키나의 해결을 더는 기대하지 않을 뿐만 아니라 그것이 어처구니없다고 여긴다.

중국 찻주전자는 모르겠고, 보이저 호에 실린 골든 레코드가 저 광대한 우주를 떠다니고 있다는 것은 확실히 알고 있다.

기도카펫

열세 살 때 집과 학교 중간에 성당이 있었다. 하굣길에 가끔 혼자 성당에 들렀다. 텅 빈 성당에 들어가 긴 나무 의자 등받이에 등을 기대고 가만히 앉아 있곤 했다. 책가방과 도시락 가방, 신발주머니도 나와 나란히 앉아 있었다. 성당 안은 어둑했지만 앞쪽 창에서는 스테인드글라스를 통과한 오후의 빛이 알록달록하게 비쳐들고, 제대 근처에는 천창에서 자연광이 흘러내렸다. 정면 벽에는 감실이 있었다. 감실 안에서 성체등의 가늘고 붉은빛이 파르르 흔들렸다. 아무도 없는 고요하고 어둑한 성당 안에 앉아 흔들리는 붉은빛을 보고 있는 게 좋았다. 감실은 본래 예수의 몸을 상징하는 성체를 보관하는 곳으로, 미사 시간이 아닌 때에 신자들이 그 앞에서 기도하는 것을 성체조배라고 한다. 내가 그때 성체조배를 했던 것은 아니다. 기도를 할 만큼 마음이 절박하거나 슬플 때는 여유롭게 성당에 들를 정신도 없었다. 나는 그저 일없이, 시간 가는 줄도 모르고 거기 그렇게 앉아 있는 게 좋았을 뿐이다.

*

얀 마텔의 『파이 이야기』에 나오는 인도 소년 파이는 힌두교도였다. 그는 어느 날 기독교도가 되었고 또 어느 날 이슬람교도가 되었다. 여러 번에 걸쳐 개종한 것이 아니라 힌두교, 기독교, 이슬람교 모두를 차례로 자신의 종교로 받아들였다. 파이는 "세례도 받고 싶고 기도카펫도 갖고 싶어요"라고 말하지만 아무도 그 아이를 이해해주지 않는다.

열네 살 무렵 가족과 함께 간 휴가지에 마침 세 개의 언덕이 있었고, 공교롭게도 각 언덕에는 힌두 사원, 기독교 교회, 이슬람 사원이 있었다. 그것은 파이의 미래를 예견하는 것 같은 풍경이었다. 힌두교에 충분히 만족하고 있던 파이는 그때 예수를 만났다. 사제관의 열린 문과 문에 걸린 '재실'이라는 표지가 그를 이끌었다. 그 표지는 누군가 대화하고 싶을 때를 대비해 언제든 거기 있다는 뜻으로 읽혔고 파이는 평온함을 느꼈다. 그리고 참 이상한 신의 아들 예수를 알게 되었다.

힌두교의 신이 죽었다는 이야기는 들어본 적이 없는데 하느님의 아들은 죽었다고? 신이란 광채가 나고 권력과 힘이 있는 존재인데, 예수는 너무나 인간적이게도 배고픔과 갈증에 시달렸을 뿐 아니라 인간들에게 희롱당해 지치고 슬픈 채로 죽음을 맞이했다고? 그것도 인간의 죄를 대신해서? 파이는 이 신의 아들에게 마음이 끌렸다.

1년 후 파이는 이슬람교를 만난다. 어느 날 이슬람 사원을 발견한 파이는 열린 구조로 된 건물의 비어 있는 방을 보았다. 바닥에 돗자리가 깔려 있었다. 특별히 종교적으로 보이지도 않았고 흥미로워 보이지도 않았지만 쾌적하고 고요했다. 파이는 이런 분위기에 이끌려 사원 뒤의 단층집들까지 둘러보았다. 그러다 빵 굽는 사람을 만났다.

그와 이런저런 대화를 나누던 중 사원에서 기도 시간을 알리는 소리가 들렸다. 그는 예배당으로 가는 대신 둘둘 말려 있는 카펫을 꺼내 펼치고는 그 위에서 기도를 시작했다. 고요한 예배당에 가만히 앉아 조용히 기도하는 모습이 아니라 빵의 원료인 밀가루 부대에 둘러싸인 채 거의 체조처럼 보이는 빠르고 필수적인 동작으로만 이루어진 육체적인 기도였다.

파이는 그를 다시 만나러 갔다. 사원에서 기도 시간에 줄 맞춰 앉은 신도들 사이에서 이마를 땅에 대면 기분이 좋았다. 파이는 아랍어 소리의 아름다움에도 매료되었다. "이해는 못해도 연구개음이 터져 나오고 길게 늘어지는 모음이 고운 시냇물처럼 흘러갔다." 그것은 우주처럼 깊은 소리였다.

파이는 왜 힌두교도이자 기독교도이자 이슬람교도가 되고 싶었던 것일까? 왜 동시에 그 모두가 되고 싶었을까? 그 질문은 결국 이런 질문으로 나를 이끌었다. 인간은 왜 성스러운 것에 끌리는가?

　　파이가 기독교와 이슬람교를 받아들인 것은 이해하기 어렵지 않다. 원래 힌두교에는 아주 다양한 많은 신이 있으므로 크리슈나, 비슈누, 시바 신 등에 이어 기독교의 하느님, 이슬람의 알라까지 그가 다른 신을 더 받아들인 것은 어려운 일이 아니었을 것이다. 다만 유일신을 믿는 기독교와 이슬람교가 파이를 받아들이지 못했을 뿐이다.

　　어쩌면 파이에게는 어떤 종교라도 상관없었는지 모른다. 자신보다 큰 존재, 우주의 질서를 관장하고 그 품 안에서 안도감을 느낄 수 있는 존재가 그에게 필요했던 것은 아닐까. 평상시에는 성스럽고 엄숙한 여러 가지 의례의 아름다움 속에서 살 수 있고, 고난에 처했을 때에는 두려움과 공포를 극복할 힘을 달라고 빌면서 구원의 기도를 올릴 수 있는 의지할 만한 존재가 실존하는(실존한다고 믿는) 종교 말이다. 그렇다면 그에게 종교는 많을수록 좋은 게 맞다. 그러나 태평양 한가운데서 호랑이와 둘만 남았을 때는 구명정에 있는 것들의 목록을 작성하면서 '신 한 명'이라고 적는다. 어쨌든 뭐가 됐든 그게 무슨 신이든 신이 있기만 하면 되니까.

*

　종교학자 미르치아 엘리아데는 『성과 속』에서 고대인들이 성스러운 공간을 만들어낸 점에 주목했다. 그들은 어떤 목표나 방향성도 없고 아무런 질서도 특성도 없던 균질적인 공간에 절대적인 중심을 세워 그곳을 성스러운 공간으로 만들었다. 그럼으로써 자신들이 세계의 어디쯤에 위치하는지 아는 감각을 얻고 삶의 방향성을 획득했다. 그 공간은 그들에게 세계의 중심이었다. 성스러운 공간을 만든다는 것은 경계를 정하고 세계의 질서를 세운다는 의미에서 세계를 창조하는 것과 같았다. 이렇게 만들어진 것이 사원인데, 사원은 천상으로 올라갈 수 있는 통로이기 때문에 그들은 그곳에서 신들의 세계와 교류할 수 있다고 믿었다.

　그들은 또한 성스러운 시간도 만들어냈다. 의례를 통해서 주기적으로 돌아오는 신화적인 영원을 존재하게 했다. 이 시간은 일상의 평범한 시간과는 농도가 다른 시간이었다. 이러한 의례 또한 사원에서 이루어졌는데, 사원(templum)과 시간(tempus)이 어원상 관련이 있다는 점에서도 맥락이 닿아 있다.

이처럼 인간이 자신이 던져진 세계에서 그저 살기(생존)만 하는 것이 아니라 세계 속에서 자신의 좌표를 탐색하고 자기 존재의 의미를 만들어낸다는 것은 언제나 신기하고 흥미로운 일이다.

그렇다면 그들과 전혀 다른 삶을 살아가는 현대인은 어떤가. 종교적 공간이 아니라면 우리가 어디에서 또 그런 공간을 만나겠는가? 모두에게 언제나 열려 있으면서도 늘 고요한 곳, 빛이 아름답게 비쳐들도록 잘 설계된 건축물, 흥미로운 이야기와 신비로운 의미가 가득 담긴 사물들이 있는 곳, 이를테면 예수의 수난 과정을 기억하는 '십자가의 길'을 할 수 있도록 성당 기둥마다 걸려 있는 십사처의 부조 같은 것들을 만날 수 있는 곳, 낮게 읊조리는 기도 소리와 독경 소리, 장엄한 오르간 소리와 성가의 깊은 울림 같은 것을 만날 수 있는 사원, 예배당, 성당. 어쩌면 처음에는 종교에 매료된다기보다는 성스럽고 고요하고 아늑한 공간, 낮고 깊은 울림, 아름다운 조각과 그림에 마음이 사로잡히는지도 모른다. 거기에 그치지 않고 우주와 세계 전체를 총체적으로 설명해주는 세계관을 제시하면서 유구한 전통과 역사를 가진 공동체의 일원이 된다는 일체감까지 느낄 수 있게 해준다면, 자신의 하찮은 일상과 스트레스뿐인 인간관계에서 도망쳐 어딘가로 숨고 싶을 때 제일 먼저 생각나는 곳이 될 수밖에 없을 것이다.

*

엘리아데가 들려준 오스트레일리아의 토착민 아킬파인의 전승에 따르면, 그들의 신적인 존재인 눔바쿨라는 고무나무 줄기로 성스러운 기둥을 만들고 거기에 피를 바른 후 그 위로 올라가 하늘로 사라졌다. 유목생활을 했던 아킬파인은 항상 이 성스러운 기둥을 지니고 다니면서 그것이 기울어지는 방향으로 옮겨 다녔다. 기둥이 부러지는 것은 파멸을 뜻했다. 언젠가 한번은 이 성스러운 기둥이 부러지자 종족 전체가 당황하여 얼마 동안 목표도 없이 방황하다가 땅에 드러누워 죽음을 기다리기도 했다.

정착 생활을 했던 사람들이 사원을 지어 그곳을 세계의 중심으로 삼았다면, 유목민들은 한곳에 성소를 짓는 대신 성스러운 기둥을 지니고 다녔을 것이다. 말하자면 그것은 휴대용 '세계의 중심'이 아니었을까? 종교적 인간은 가능한 한 세계의 중심에 가까이 살고자 하는 염원을 가지고 있다고 엘리아데는 말했다. 인간이란 존재가 왜 세계의 중심이 되고 싶은지 왜 그 중심 가까이에 있고 싶은지 나로서는 이해할 수 없었지만, 가지고 다니는 성스러운 기둥 이야기를 들으니 기도카펫이 휴대용 사원과 비슷하다는 것은 이해할 수 있었다. 잔뜩 쌓여 있는 밀가루 부대 옆에 기도카펫을 깔고 기도하는 빵 굽는 사람의 경우처럼 말이다. 뒤죽박죽인 세간살이 한가운데, 정돈되지 않은 어지러운 책상 옆에, 미처 해치우지 못한 빨랫감과 설거지 더미 옆에도 얼마든지 기도카펫을 깔 수 있다. 기도카펫을 까는 순간 그 공간은 그때까지와는 다른 공간이 된다. 다른 시간이 흐르기 시작한다.

*

빵 굽는 사람이 기도하는 모습을 본 파이는 이
슬람교란 단지 쉬운 운동이 아닐까 하는 생각을 했다.
빵 굽는 사람은 기도카펫 위에 똑바로 서서 알라의 말
을 들으려고 애쓰는 것처럼 양손을 귀 옆으로 올려 엄
지를 귓불에 대고 아랍말로 중얼거렸다. 그러고는 허리
를 굽혀 절을 한 다음 다시 똑바로 섰다. 무릎을 꿇고
손과 이마를 바닥에 댔다가 허리를 세웠다. 다시 몸을
숙였다가 일어선다. 그리고 계속 중얼거리며 이 모든
동작을 네 번 반복했다.

나에게도 기도카펫 비슷한 것이 있다. 내가 그
위에서 기도를 하는 것은 아니므로 엄밀하게 말하면 기
도카펫이라고 할 수는 없지만 그와 비슷한 효과를 낸다
는 면에서 기도카펫과 아주 다른 것이라고 할 수도 없
다. 게다가 그 위에서 빵 굽는 사람처럼 절 비슷한 것
혹은 운동 비슷한 것을 한다는 점에서도 기도카펫과 비
슷한 데가 있다.

종교적 색채를 지우기 위해서였는지는 몰라도

164

미디어에서는 내가 매일 하는 그것을 '절운동'이라고 명명했다. 한 공중파 방송에서는 절운동의 효과와 방법을 소개하는 방송을 하기도 했다. 0.2평의 공간만 있으면 할 수 있고, 백팔배 하는 데 20분 정도밖에 걸리지 않으며, 근력 운동과 유산소 운동의 효과를 모두 거둘 수 있다고 했다. 절운동 후 집중력이 좋아졌다는 실험 결과는 이성적 행동을 관장하는 전전두엽의 활성화된 부위가 넓어진 것과 관련이 있다고도 했다. 절운동을 하고 나면 머릿속이 정돈된 느낌이 들고 이런저런 감정들로 들떠 있던 마음이 차분하게 가라앉는 것도 그런 이유 때문일 것이다. 마음이 평안해진다는 점이 바로 기도의 효과 아니던가!

빵 굽는 사람이 기도하는 방향은 메카의 카바 신전 방향이지만 내가 절을 하는 방향은 따로 정해져 있지 않다. 횟수도 정해져 있지 않다. 꼭 백팔배를 할 필요도 없다. 백배만 해도 마음이 백 배는 좋아지니까. 백이십배를 하면 백이십 배 좋아지니까.

기도카펫이 내게는 휴대용 사원도 아니고 세상의 중심도 아니다. 니는 세상의 중심이 아니며, 중심이

되고 싶거나 중심 근처에 있고 싶은 욕구도 없다. 나는
내 자리에서 내 건강과 마음의 평안을 위해 운동 같은
기도를 하고 기도 같은 운동을 한다.

나무와 함께 정처 없음

여행을 꺼리고 모험을 싫어하며 집에 있는 것을 좋아하지만 내가 가만히 기거할 집은 자주 옮겨 다녔다. 결혼 후 평균 2년에 한 번꼴로 이사를 다녔다. 이런저런 이유 때문에 어디에서도 오래 살지 못했다. 이삿짐이 무거워질까 봐 덩치가 크고 무게가 나가는 물건들은 집에 들이지 않았다. 침대도 피아노도 늘 필요했지만 나중으로 미뤄두었다. 장롱과 식탁과 책상에서부터 빨래집게와 티스푼까지, 커튼봉을 고정했던 나사 하나하나까지 모두 트럭에 싣고 이사 다니지 않아도 될 나중, 적어도 5년, 길게는 10년, 20년을 한집에 살 수 있게 될 나중은 잘 오지 않았다. 다만 책은 좀 샀다. 크기도 작고 무게도 얼마 안 나가는 책은 아무 걱정 없이 사들였다. 그러나 막상 이사 때가 되면 가장 큰 골칫거리는 책이었고, 이삿짐센터 일꾼들이 가장 꺼리는 방이 내 작업실이었다.

서울-성남-서울-용인-성남-용인 등을 옮겨 다니며 살았고 나중에는 충남 금산에까지 갔다. 농사를 짓고 싶어 하던 여름씨가 부지를 알아보던 중에 넓은 텃밭이 딸린 시골 주택이 월세 매물로 나온 것을 보고는 연습 삼아 살아보면 좋겠다고 했다. 용인에 살고 있던 우리에게 금산은 꽤 먼 곳이었고 아는 사람도 하나 없었지만 우리는 그 집을 보자마자 계약했다. 집 주인이 방 두 칸짜리 오래된 주택의 처마를 연장해 베란다를 만들었고, 외벽에 덧대 큰방 하나를 새로 낸 터라 본래 있던 방의 창문이 새로 만든 방으로 통했다. 집 뒤쪽 벽에도 역시 창고를 덧세웠다. 체계 없이 필요에 따라 얼기설기 덧대고 이어 붙여 한눈에 봐도 집이 튼튼할 것 같지는 않았다. 그러나 텃밭이 넓은 데다 비닐하우스가 있다는 점에 혹한 여름씨는 집은 제대로 보지도 못하고 결정을 내렸다.

    당시 여름씨가 키우고 있던 블루베리 나무는 2~3년 사이에 수십 그루로 늘어나 있었다. 커다란 화분에 심겨진 나무 수만 그 정도였고 1~2년생 어린나무들 몇백 주가 더 있었다.

    여름씨의 농사는 아파트 베란다에서 묘목 몇 주로 시작되었다. 묘목이 자라서 가지치기를 하면 생기는 잘린 가지로 삽목을 해서 나무를 늘렸다. 삽목은 잎눈 여러 개가 달린 가지를 상토에 묻어 뿌리를 내리게 해서 증식하는 방법인데, 여름씨는 삽목을 무척 잘했다. 베란다가 어느 틈에 블루베리 나무로 꽉 찼다. 나무가 커가면서 큰 화분으로 옮겨줘야 했고 더는 베란다에서 버틸 수 없는 상태가 되었다.

    농사 지을 토지를 알아보기 시작했다. 매매나 임대 모두 찾아보았는데 우리 형편에는 임대가 더 나았다. 농사를 잘 알지도 못하는 상태에서 덜컥 땅부터 사기가 어려웠다. 그러나 임대 물건은 흔하지 않았다. 가끔 있기도 했지만 대부분은 나무를 심을 수 없는 조건이었다. 감자, 고구마, 고추 같은 1년생 작물과 달리 나무는 일단 심고 나면 나중에라도 토지 사용권 문제가 생길 수 있기 때문에 토지주들이 꺼렸다. 결국 우리는 아버지가 은퇴 후 소일 삼아 일구는 밭의 한 귀퉁이를 빌려 화분을 옮겼다. 그러는 와중에도 여름씨는 밤마다 지도 사이트의 로드뷰로 전국 방방곡곡을 돌아다녔다.

　　이사는 살림살이에 나무까지 네다섯 차례에 걸쳐 이루어졌다. 잔금 치르러 내려가면서 우선 자동차에 작은 화분을 가득 실었다. 나무가 다치지 않게 눕혀서 차곡차곡 쌓는 여름씨의 기술은 거의 기예에 가까웠다. 구형 싼타페의 뒷좌석과 트렁크를 1~2년생 어린나무로 가득 채웠더니 150주도 넘게 들어갔다.

　　자동차에 나무를 가득 싣고 고속도로를 달리는 기분은 낯설고 묘했다. 신나다가도 쓸쓸해졌다. 그렇게 어디라도 갈 수 있을 것 같다가도 우리 두 사람이 과연 어디까지 갈 수 있을까 궁금해지곤 했다. 우리가 가진 것이라곤 십수 년 된 낡은 자동차와 어린나무들뿐이고 그래서 우리는 나무를 싣고 어딘가로 달려간다! 두어 시간 달리는 동안, 나무에 붙어살던 거미가 이따금 영문도 모른 채 운전석으로 넘어와 나에게 툭 떨어지곤 했다. 나도 있어! 거미가 말한다. 그래서 우리는 나무와 거미와 함께 달려간다! 이번엔 금산으로!

금산(錦山)의 산은 이름 그대로 비단처럼 아름다웠다. 어디를 둘러보아도 아름답고 장대한 산이 유려하게 펼쳐진 곳, 그래서 금산인지도 몰랐다. 그 산들을 본다면 왜 아름다운 것을 비단에 비유하는지 누구나 알 수 있을 것이다. 경부고속도로 하행선에서 대전-통영 고속도로로 갈아탄 후 달리다 보면 남대전IC 못 미쳐 내리막길이 있다. 그 길에 접어들면 첩첩이 이어진 산들이 눈앞에 펼쳐지는데, 그 장관을 보는 것만으로도 가슴이 벅차고 이유 없이 눈물이 핑 돌 정도로 산세가 수려하다. 시속 100킬로미터의 속도로는 30초도 채 걸리지 않는 그 짧은 구간만 반복해서 달리고 싶을 정도였다. 그 길을 지날 때면 언제나 그 구간 전부터 아름다운 것을 맞을 마음의 준비를 하곤 했다.

남대전IC로 나가 금산으로 가는 국도도 역시

아름다웠다. 터널 두 개를 통과하면 우리가 사는 마을이 나왔다. 터널을 지난다는 건 그 길이 산을 통과한다는 뜻이다. 길가에 나무가 줄지어 늘어서 있기만 해도 보기 좋은데 높다란 산들이 펼쳐져 있는 풍경 사이로 나 있는 길은 더할 수 없이 아름다웠다. 처음 갔을 때부터 나는 그 길이 좋았다. 부모님이 사시는 용인에 다녀올 때도 대전에 사는 오빠네 다녀올 때도 그 길을 지나야만 집에 갈 수 있었다. 마을 읍내에서 간단히 장을 볼 수도 있었지만 그 길을 지나고 싶어서 일부러 대전에 있는 대형마트까지 가곤 했다. 대부분의 도시인들은 나들이를 가거나 교외로 드라이브를 갈 때나 지날 수 있는 아름다운 길을 고작 마트에 다녀올 때도 일상적으로 지날 수 있다는 것이 행운으로 느껴졌다.

잔금을 치른 후 가져간 나무들을 마당에 풀어 놓고 돌아온 다음 날 차 문을 열었더니 차 안 여기저기에 거미줄 네트가 드리워져 있었다. 우리는 한 번 더 나무를 싣고 금산에 다녀왔고 며칠 후에는 살림살이 이사를 했다.

아버지 밭에 있던 큰 화분들은 이미 많이 자라서 자동차로 옮길 수가 없었다. 지름이 50센티미터나 되는 거대한 화분이 50개 남짓 되었다. 따로 날을 잡아 화물용 트럭으로 옮기기로 하고 아버지께 나무를 부탁했다. 약간 반려동물 임보와 비슷한 것이었다. 이사한 후 마을분들과 인사하는 과정에서 운 좋게도 앞집 아저씨가 5톤 윙바디 트럭을 모는 화물차 기사라는 사실을 알게 되었다. 그분의 일정에 맞추느라 이사한 지 한 달이나 지나서야 큰 나무들을 데려왔다. 나무를 데려오기 전까지 여름씨는 낮에는 전에 살던 사람이 방치해두어 어마어마하게 무성해진 잡초밭을 정리했고 밤이면 잠자리에 누워 먼 곳에 두고 온 나무들을 걱정했다. 옆에 누운 내 머릿속에는 이런 그림이 그려졌다. 캄캄한 우주의 한구석에는 여름씨가 잠 못 이룬 채 자기의 나무들을 생각하고 있고, 멀리 떨어져 있는 다른 한구석에는 수십 그루의 블루베리 나무들이 마치 별처럼 푸른빛을 반짝이며 쓸쓸하게 서 있는 그림. 나는 나무들에게 굿나잇 인사를 했다. 얘들아, 잘 자라.

블루베리는 산성 토양에서 잘 자란다. 그래서 보통의 흙이 아니라 피트모스를 용토로 사용하는 경우가 많은데, 피트모스는 수천 년 혹은 수만 년 동안 물가 땅속에 이끼나 수초가 퇴적되어 만들어진 것이다. 주로 빙하기 말 빙산이 녹으면서 생긴 습지 주변 퇴적층에서 채취하기 때문에 북유럽이나 북미, 캐나다 등지에서 들여온다. 여름씨는 피트모스 부대를 개봉해서 정원용 수레에 쏟았다. 그러고는 수레 앞에 앉아 아주 먼 곳으로부터 도착한 오래된 퇴적물을 조몰락거려서 단단하게 뭉쳐진 덩어리를 풀었다. 그렇게 해면 과정을 거친 후 분갈이를 했다. 창문 너머로 그 풍경을 보고 있으면 나는 시간을 잊었다. 우리가 어디에 살든 어디로 옮겨 다니며 살든 아무래도 상관없을 것 같은 기분이 들었다.

집 안에서 내 일을 하다가 문득 창밖을 내다보면 여름씨가 보이는 게 좋았다. 밭에서 일하는 여름씨 곁에는 나무가 있고 흙이 있고 햇빛이 있고 바람이 있고 그리고 고요가 있었다. 그는 혼자서 조용히 일하는 것을 좋아하는 사람이었다. 그가 좋아하는 일을 할 수 있어서 나도 좋았다.

이따금 우리에게 남아 있는 시간은 얼마나 될지를 생각한다. 10년, 20년이 얼마나 빨리 지나가는지 알고 있다. 길어야 30년일 것이다. 내일을 알 수 없는 생이므로 그것이 1년이 될지 2년이 될지도 알 수 없다. 앞으로 우리가 어떻게 될지는 걱정하지 않고 오늘 즐겁게 일할 수 있는 것으로 충분하다고 느껴지곤 한다. 여름씨도 언제나 출근 인사로 내게 이렇게 말한다. 즐겁게 일해!

이사한 집은 허름했지만 마당의 잔디밭은 숱 많은 머리칼처럼 빽빽하게 푸르렀고 화단에는 배롱나무 꽃이 예쁘게 피어 있었다. 여름씨는 잔디밭을 탐탁지 않아 했다. 채소를 길러 먹을 수도 없고 잔디가 망가질까 봐 화분도 놓아둘 수 없으니 쓸모가 없다는 거였다. 게다가 잔디밭이 잡초밭이 되지 않도록 주기적으로 잔디를 깎아주어야 한다나. 쓸모가 없다는 의견에 나는 반대했다. 내 눈을 즐겁게 하는 쓸모가 있잖아!

마당에는 이름을 알 수 없는 나무들이 많았다. 이사한 시기가 여름이었는데 계절이 바뀔 때마다 나무들은 열매와 꽃을 보여주는 것으로 자기들의 이름을 하나씩 가르쳐주었다. 감나무와 모과나무는 대문에서 현관으로 올라가는 계단 근처에 서 있었고, 대추나무는 뒤란에 밤나무와 자두나무는 넓은 텃밭 쪽에 울타리용으로 심겨 있었다.

집주인은 나무뿐 아니라 별의별 꽃을 다 심어두었다. 이듬해 봄이 되자 화단, 돌계단, 창고 앞 등등 장소를 가리지 않고 여기저기에서 꽃이 피었다. 개나리, 연산홍, 패랭이꽃, 수선화, 할미꽃, 팬지, 버베나, 바위취, 작약, 하양 노랑 분홍 보라 색색의 붓꽃 등이 3월부터 시작해 5월까지 차례로 피어났다. 마트에서 수선화 화분을 샀는데 며칠 후 창문 아래 화단에서 한 무더기의 수선화를 발견하기도 했다. 집에 무슨 꽃이 있는지도 모른 채 무슨 꽃이 또 나타날까 궁금해하면서 마당 탐사를 자주 했다. 그때의 일기에는 이렇게 쓰여 있다. "밖엔 봄이 눈부시다."

어느 날에는 벚꽃 구경 가는 사람들을 부러워하다 마당에 나갔더니 하우스로 가는 길목에 벚꽃이 피어 있었다. 우리 집에도 벚꽃 핀다고 신이 났는데, 얼마 후 그 나무는 벚나무가 아닌 것으로 밝혀졌다. 꽃이 지고 열매가 맺히는 걸 보니 버찌가 아니라 매실 같았다. 그런데 얼마 후 처음엔 매실이라고 생각했던 열매가 혹시 살구는 아닐까 의심이 갔다. 여름씨와 나는 이파리 모양과 열매 모양을 따져가며 이것은 매실인가 살구인가를 놓고 심심한 논쟁을 벌였으나 결론은 더 익을 때까지 기다려보자는 거였다.

집에 어떤 꽃과 나무가 있는지 모르는 게 참 좋았다. 누군가 심어둔 나무와 꽃들을 계절이 바뀔 때마다 발견하는 기쁨이 있었다. 도시에 살던 집주인은 몸이 아파 잠시 쉬는 동안 이 집을 사서 여기저기 수리하고 마당을 가꿨다고 했다. 그러는 사이 아픈 것이 다 나았다며 퇴직 후 여기에 와서 계속 살 계획이라는 말을 했다. 열매나 꽃이나 이파리를 보기 위해 식물을 심는다는 것은 그것을 볼 때까지는 거기에 살겠다는 것이다. 한해살이 식물을 심는다는 것은 적어도 1년은 거기에 살겠다는 뜻이고 여러해살이 식물을 심는다는 것은 여러 해 머물 작정이라는 뜻이다. 그리고 나무는 대개 여러 해를 산다. 그러니 나무를 심는다는 것은 그곳에 몇 년, 혹은 십수 년, 어쩌면 몇십 년도 살겠다는 뜻이다. 몇 년 어쩌면 몇십 년을 나무와 함께 살겠다는 작심이다.

그 나무는 매화나무였을까 살구나무였을까? 우리는 그 답을 확인하지 못했다. 그 무렵 우리는 또다시 이사 준비로 분주해져서 나무를 올려다볼 여유가 없었다.

늘어나는 어린나무들과 하루하루 커가는 나무들을 보며 우리의 근심도 매일 깊어졌다. 비좁은 화분에 갇힌 뿌리는 더 뻗어나가지 못해서 답답해했다. 좀더 큰 화분으로, 그보다 더 큰 화분으로 분갈이를 해줘도 언젠가는 땅에 심어주어야 했다. 여름씨는 틈틈이 농사지을 부지를 알아보고 있었고 어느 날 운 좋게도 우리에게 맞춤한 곳을 찾아냈다. 용인이었다.

그곳은 원래 논농사를 짓던 땅이라 블루베리를 심을 수 있는 밭으로 만들려면 이사 전에 해야 할 일이 많았다. 농업기술센터에 토양 성분 분석을 의뢰하는 것을 시작으로 블루베리 식생에 맞는 토질로 개량하고 지하수 관정을 파고 배수로를 만들고 비닐하우스 한 동을 지었다. 길지 않은 이 한 문장 안에 들어 있는 수많은 일들을 하는 데 거의 석 달이 걸렸다. 용인 부모님 댁에 머물며 이 일들에만 매진할 수 있었다면 더 빠른 시간에 끝낼 수도 있었겠지만 금산 집을 비워 둘 수가 없었다. 돌봐야 할 나무들이 있었기 때문이다. 처음엔 일주일에 한두 번, 나중엔 일주일에 두세 번씩 용인과 금산을 오갔다. 집에만 있던 집사람으로서는 굉장한 강행군이었다. 그때 처음으로 길 위에서 많은 시간을 보내봤다. 자동차 뒷좌석에는 늘 세 개 이상의 짐 꾸러미가 있었다. 2~3일간 갈아입을 옷가지를 담은 옷가방, 노트북과 작업노트, 충전케이블과 밤에 읽을 책이 든 내 책가방, 일하는 데 필요한 이런저런 잡동사니로 가득 찬 여름씨의 백팩. 그러니까 어쩌면 우리가 살아가는 데 필요한 필수품은 그 세 개의 짐 꾸러미로 충분한 것인지도 모른다는 생각이 들기도 했다. 그러나 우리가 2~3일 동안만 사는 게 아니었으므로 우리의 살림살이가 세 개의 가방으로 요약되지는 않았다. 곧 어마어마한 이동이 예정돼 있었다. 이사가 완료될 때까지 몇 달 동안은 그렇게 계속 떠돌아다니는 기분으로 살았다.

꼭 1년 만의 이사였다. 이번엔 나무들을 전부 옮긴 후에 살림살이 이사를 해야 해서 마음이 더 바빴다. 하우스가 완성된 후에는 용인에 갈 때마다 자동차에 화분을 싣고 갔다. 이번에도 역시 거미와 함께였다. 자동차 안은 다시 거미줄 도배가 시작됐다. 5톤 트럭으로 큰 화분도 옮겼고 며칠 후 마지막으로 이삿짐을 실은 트럭도 출발했다. 이삿짐이 빠져나간 집 안을 정리하고 마당에 남아 있던 빈 화분들을 자동차에 실은 후 마을 이웃분들과 인사를 나누고 우리도 그곳을 떠났다.

나무들이 도착하자 80평 넓이의 하우스는 곧 나무들의 집이 되었다. 여름씨와 나는 밭에서 가까운 시골 아파트에 집을 얻었다. 아침에 밭에 가서 밤사이 닫혀 있던 하우스 문을 열면 크고 작은 나무들이 일찌감치 잠에서 깨어나 벌써 와글와글 떠들어대고 있었다. 나무들을 이고 지고 이사를 다니다 보니 나무들이 마치 식구 같았다. 나무를 한 그루씩 노지에 심어주려면 아직도 할 일이 많았다. 나는 여전히 집에서 일을 했다. 창밖으로 여름씨가 일하는 모습을 보는 대신 그가 일하는 모습을 상상했다. 그리고 한두 해가 지나고 나서 블루베리 열매를 수확해 판매하기 시작했다. 여름씨의 블루베리가 세상에 인사를 시작했다.

식물은 뿌리를 내리면 더는 움직이지 않고 정지한 채로 한곳에 오래 사는 것으로 알려져 있다. 딸기는 좀 다르다. 금산에서 키우던 딸기를 가져와 밭에 심었더니 1~2년 사이에 줄기가 이곳저곳으로 뛰어다니며 영역을 넓혔다. 그런 줄기를 러너(runner)라고 하는데 너무 적확한 명칭이다. 딸기의 러너는 키 작은 화분 위로도 뛰어오르고 다시 화분 너머 땅으로 뛰어내리기도 한다. 나무와 함께 여기저기 옮겨 다니던 우리랑 좀 비슷한 데가 있었다. 나무를 키우면서도 한군데 정착하지 못했지만 이제 나무들을 땅에 심고 나면 좀 달라지지 않을까 싶은 생각이 들 무렵, 여름씨 지인의 농장 이전 소식을 들었다. 나무는 어쩌고? 놀란 나의 물음에 여름씨는 너무 쉽게 대답했다. 파서 옮겨 심으면 되지. 그럼 우리도 언젠가 상황이 여의치 않으면 나무를 파서 또 어딘가로 옮겨 갈 수도 있다는 거네? 나는 좀 싱겁게 웃었다. 나무를 심는다고 정착이 되는 건 아니었구나.

금산으로 이사 가기 전에 살던 집에서는 피아노를 샀다. 금산을 떠나 다시 용인의 이 집으로 이사 오면서는 침대를 들였다. 앞으로 어디에 살게 될까 쉽게 가늠할 수 없는 인생이지만 '나중'은 오지 않을 것 같으니까 지금을 그냥 '나중' 삼아서 필요한 것은 이고 지고 다니려고 한다.

테나가 왔다

　　그날 밤 나는 어둠이 얼마나 깊고 짙은지 알았
다. 완전한 어둠, 그것은 내가 그때까지 한 번도 본 적
없는 굉장한 세계였다.

　　자정 무렵, 전정가위를 닦던 여름씨가 가윗날에
손톱 아래를 깊이 베였다. 피가 쉽게 멈추지 않았고 무
엇보다 파상풍이 걱정돼서 응급실에 가기로 했다. 가장
가까운 곳은 대전에 있는 충남대학교 병원 응급실이었
다. 30분 정도 걸렸는데 병원까지 가는 동안 여름씨는
지혈하느라 손가락을 너무 꽉 쥐고 있어서 병원에 도착
했을 때는 감각이 거의 없는 것 같다고 했다. 상처를 본

의사는 다행히 꿰맬 정도는 아니고 지혈도 잘돼서 드레싱만 하면 되겠다고 했다. 다만 상처에 이물질이 있을지도 몰라 엑스레이 촬영을 했고 파상풍 예방주사를 맞은 후 한참 동안 항생제 수액을 맞았다.

　　여름씨가 수액을 다 맞고 병원을 나온 것은 새벽 3시 무렵이었다. 도로는 한산했다. 오가는 차들도 많지 않았다. 대전 시내를 벗어나자 가로등 불빛이 띄엄띄엄 줄어들었고 남대전IC 근처를 지나자 가로등이 아예 없는 국도 구간이 시작되었다. 낮에는 그렇게 아름답던 길이 완전히 달라져 있었다. 도로 양방향이 텅 비어 있었다. 가로등도 다른 자동차의 불빛도 없이 오로지 내가 몰고 있는 자동차의 헤드라이트 불빛만이 어둠을 헤치고 앞으로 나아갔다. 습관처럼 룸미러 쪽을 흘끗 보았다가 깜짝 놀랐다. 룸미러가 보이지 않았고 그 자리에 대신 까만 어둠이 있었다. 나는 갑자기 가슴이 쿵쾅거리기 시작했다. 룸미러가 아무것도 비춰주지 않고 그저 까만 어둠만을 보여준 것은 처음 있는 일이었다. 룸미러 속에는 늘 뒤따라오는 자동차의 전조등 불빛이 있거나 가로등 불빛이 획획 지나가거나 하다못해 길가 상점의 네온사인이라도 드문드문 들어왔다 나갔다 했는데 그날은 아무것도 보이지 않았다. 다만 내 차를 따라오는 어둠만이 거기에 있었다. 나는 안개등도 켜고 상향등까지 켰다.

　나의 자동차 불빛에만 의지해 달리는 기분은 아주 이상했다. 그것은 몹시 낯선 감각이었다. 단순히 시각적인 감각이 아니었다. 내 몸이 어둠 속을 통과하는 기분이었다. 어둠의 부피와 밀도가 나의 육체로 생생하게 느껴졌다. 그것은 뭐랄까, 까만색 풍선으로 가득 찬 풀(pool)에 빠져 풍선들 속에 몸이 바듯하게 끼어 있는 것과 비슷했다. 누군가 풍선에 바람을 계속 불어 넣어 내 팔다리와 머리와 몸통이 받고 있는 압박이 점점 심해지고 있었다. 무섭고 이상한 기분이 들었다. 어둠의 적막이 몹시 갑갑하게 느껴진 나는 이렇게 말했다.

　"진짜 어둠이란 이런 거구나."

　나는 그날 느낀 어둠의 질감을 잊지 못한다. 그날 밤 나는 어둠을 만져본 기분이었다.

　시골의 밤은 아주 길다. 밤이 일찍 오고 그 밤의

어둠은 매우 깊고 진하다. 그리고 고요하다. 너무 고요해서 풀벌레 소리가 선명했고 뒤란에서 고양이들이 풀을 밟고 지나다니는 소리가 크게 들렸다. 도시의 밤과 가장 다른 점은 골목에 인적이 일찍 끊긴다는 점이었다. 대중교통 편이 좋지 않기 때문에 외출했던 사람들도 대부분 일찍 귀가를 서두른다. 어쩌다 늦게 귀가하는 자동차가 한 번씩 지나갈 뿐 오가는 사람이 거의 없었다.

한번은 용인 부모님 댁에 다니러 갔다가 무척 놀랐다. 저녁 8시 무렵이었는데도 어둡지 않아서 놀랐고 거리에 사람과 자동차가 많이 돌아다니고 있어서 놀랐다. 다른 세상 같았다. 촘촘한 간격으로 불 밝힌 가로등과 자동차 헤드라이트와 색색의 네온사인 광고판으로 거리거리가 휘황했다. 따가울 정도로 눈이 부셨다. 무엇보다 견디기 힘든 것은 어마어마한 소음이었다. 평생 도시에서 살다가 불과 서너 달 시골에 가서 살았을 뿐인데도 그랬다.

밤에는 창밖이 잘 보이지 않았다. 까매진 창유

리는 그것을 쳐다보는 나와 집 안에 있는 것들을 비춘
다. 마치 어둠이 찾아와 집 안을 들여다보는 것 같은 느
낌이었다. 해가 지면 얼른 커튼을 닫았다.

시골의 밤은 무서웠다. 아파트에만 살다가 잠금
장치가 허술한 시골집에 살려니 더 그랬다. 대문이 있
어도 담이라야 키 작은 관목 울타리여서 마음만 먹으면
마당에 들어오는 것은 일도 아니었다. 현관문에 보조키
를 하나 더 달았을 뿐 셋집이라 마음대로 고칠 수도 없
었다.

이사한 지 얼마 안 되던 어느 날 새벽에 누가 현
관문을 두드렸다. 잠귀가 밝은 나만 깼는데 거실에 나
가 불을 켜보니 새벽 4시였다. 너무 무섭고 가슴이 쿵
쾅거렸다. 누가 이 새벽에 대문도 아니고 (울타리를 넘어
들어와) 현관문을 두드린단 말인가. 여름씨를 깨워야겠
다는 생각보다는 누군지 먼저 확인하고 싶은 마음이 더
커서 일단 현관문 앞에서 누구냐고 물었다. 대답이 없
었다. 현관문 가운데 박혀 있는 유리를 통해 밖을 내다
봤지만 아무도 안 보였다. 그때 다시 누군가 현관문을
두드렸다. 정확히 말하면 현관문 아래쪽이었다. 현관문

유리에 코를 붙이고 아래쪽을 봤더니 글쎄 아기 고양이 녀석들이 한밤에 우다닥거리며 놀고 있었던 것이다. 매일 밤 먹으러 오는 고양이 일루의 새끼들이었다. 근데 이노무시키들 이 밤중에 시끄럽게! 이런 생각은 전혀 들지 않고, 우와 너희들이라서 너무 고맙다! 이런 말이 나왔다.

다행히 그런 상황에 차츰 익숙해져 갔지만, 가을로 접어들자 밤이 다시 무서워지기 시작했다. 이성적으로 차분하게 따져보면 문젯거리도 아닌데 일단 무서워하게 되자 해 질 무렵부터 심란해지기 시작했다. 밤이 깊어지면 어디에선가 이상한 소리가 들렸다. 그 소리의 정체를 확인하지 않고는 불안해서 잠들 수가 없었다. 창밖에서 이따금 툭툭 창을 두드리는 소리가 나기도 했다. 나가보니 창문 앞 슬레이트 지붕에 대추알이 떨어지는 소리였다. 어떤 때는 자다가 돌덩이 같은 것이 쿵 떨어지는 소리가 들리기도 했다. 아침에 나가보면 못생긴 모과가 나무 아래 떨어져 있었다.

여름씨는 집이 자기에게 자꾸 말을 건다고 했다. 자려고 누우면 집은 더욱 수다스러워졌다. 툭, 삐거

덕, 딱, 따닥, 크응, 끄윽, 끽, 꺄악, 건물 곳곳의 틈이 입을 벌려 계속 높고 낮은 소리를 질러댔다. 가을이 깊어지면서 밤이 되면 기온이 뚝 떨어졌다. 낮과 밤의 급격한 기온 차이로 인해 건축물 자재가 부풀었다 꺼졌다 하면서 나는 소리라는 것을 알면서도 우리는 그 소리에 쉽게 익숙해지지 않았다. 침실 벽 너머 보일러실의 소음, 대전-통영 고속도로를 질주하는 대형 화물 트럭들의 우르릉거리는 낮고 거대한 울림은 배경음이 되었다.

청각이 점점 예민해졌다. 깊은 잠을 잘 수가 없었다. 중간중간 자주 깨고 한번 깨면 다시 잠들기가 어려웠다. 신경이 몹시 날카로워져 뭐라도 벨 수 있을 것 같고 온몸에 쓰라린 감각이 돋아났다. 중간에 깨지 않고 일고여덟 시간 푹 자보는 게 이룰 수 없는 꿈 같았다.

나는 밤새 아무런 엄폐물도 없는 허허벌판에 나와 있는 것 같은 기분이었다. 이따금 사나운 바람이 벌판을 훑고 지나간다. 깊은 적막과 짙은 어둠 사이로 오직 검푸른 하늘의 별만이 반짝이며 빛을 낸다. 사방이 휑하게 뚫린 저기 어디엔가 몸을 납작하게 수그리고 매복해 있는 야행성 맹수의 맥박이 느껴진다. 문득 무서워져 뒤를 돌아보면 거기 여름씨의 등이 보인다. 그는 내가 보지 못하는 쪽을 경계하고 있었다. 여름씨, 하고 부르자 그가 돌아보며 빙긋 웃어주었다. 그는 자신이 나이트워치(nightwatch)가 되었다고 했다. 그래서 불안에 떠는 내가 잠든 후에야 잠을 청했다. 하지만 나까지 잠들어 더욱 고요해진 벌판에서 나이트워치도 무서워 잠들기 어려웠다는 것을 나는 알지.

　　이 세계에서 사람들은 다들 어떻게 살고 있는지 궁금했다. 나는 처음으로 야생의 삶을 경험하고 있다는 것을 깨달았다. 거칠고 위험한 자연 그대로의 야생. 운 나쁘게도 나는 포식자가 아니라 피식자에 속했다. 겁쟁이의 심장은 매일 밤 할딱할딱 바쁘게 뛰었다.

　　해가 지고 밤이 오는 것이 두려워질 때마다 나는 밤에 대해 조사해보고 싶었다. 지구가 자전을 해서 생긴 어둠일 뿐인데, 이게 대체 뭐라고 내가 이렇게 쪼그라드는 것일까 궁금했다. 그래서 밤에 관한 책을 샀지만 읽을 수가 없었다. 서문을 읽는 것만으로도 나는 공포에 사로잡혔다. 밤에 자려고 누웠을 때 생각날까 봐 나는 책을 덮었다. 나중에 밤이 더는 무섭지 않을 때, 혹은 이 집을 떠나 좀 더 안전하다고 생각되는 곳에서 잠들 때가 되면 책을 펼칠 수 있을 거라고 생각했다.

로저 에커치는 『밤의 문화사』에서 인간은 어둠에 대한 본연적인 두려움이 있다고 했다. 밤은 위험하다는 말과 동의어였다. 어둠 속에 보이지 않는 위험이 도사리고 있을 것이라는 두려움이 여러 가지 미신과 신화를 낳았다. 정체가 불분명하기 때문에 그것은 쉽게 미스터리가 되었다. 르네상스 이후 과학적 사실에 대한 탐구가 이어지고 계몽된 사람들이 분별력을 가지고 나서야, 밤이란 태양이 없는 것에 불과하고 어둠이란 빛이 없는 것에 불과하다고 말하는 사람이 생겨났다.

그래도 여전히 밤은 두려움의 대상이었다. 사람들은 미신적인 공포에 사로잡혔고 악마, 사탄, 유령, 마녀 등이 등장하는 초자연적 이야기들이 사람들의 불안한 정신을 휘감았다. 현실적인 위험도 엄연히 존재했다. 어둠 속에서는 수로에 빠지고 무언가에 걸려 넘어지고 다치기 쉬웠다. 야행성 포식자 동물들도 위험했다. 그러나 진짜 위험한 것은 인간이었다.

내가 무서운 것도 바로 그것이었다. 집 어딘가에서 삐걱거리는 소리가 들린다고 해서 그것이 귀신이나 유령이라고 생각하지는 못하는 사람이라 그나마 다행이었다. 누군가 침입할 수도 있다는 사실이 가장 두려웠다.

밤의 길이가 가장 길어지는 때를 향해가던 어느 새벽 다시 잠들려고 애쓰며 눈을 감고 있는데 문득 그녀가 왔다. 미궁의 어둠 속을 더듬으며 앞으로 나아가던 아르하가 떠오른 것이다. 눈을 감은 것과 다름없는 어둠뿐인 그곳은 묘역의 지하 무덤이었다. 묘역을 지키는 대무녀는 죽은 후 환생하기 때문에 대무녀가 죽은 날 태어난 여자아이가 다시 새로운 대무녀가 된다. 그렇게 다섯 살에 묘역에 끌려온 아르하. 암흑의 존재에게 영혼을 먹혔다고 해서 '먹힌 자'라는 뜻의 아르하라는 이름을 받았다. 아르하는 다른 어린 무녀들과 달리 대무녀로 교육받으며 자라 열다섯 살이 되었다. 묘역의 지하에는 지하 무덤이 있고 광대한 미궁도 있다. 더위나 추위도 없이 바람도 계절도 없이 언제나 한결같

194

은 냉기가 흐르는 그곳에는 대무녀 말고는 아무도 들어
갈 수 없다. 묘역에 오래 살았던 나이 많은 무녀의 안내
를 받아 미궁에 처음 들어갔을 때 아르하는 무시무시한
어둠을 만났다. 아르하는 그 어둠이 두려웠지만 여긴 내
영역이니까 무서워하지 않을 거라고 마음속으로 되뇐다.

어린 무녀들 가운데는 마음을 나누는 친구도 있
었고 자신의 모든 것을 걸고 아르하를 지켜주는 흉측한
얼굴의 하인도 있었지만 황량한 땅에 자리한 묘역에서
아르하는 늘 혼자였다. 밤이면 혼자 잠들었다. 낮에는 캄
캄한 미로의 벽을 더듬어가며 모든 통로를 돌아다녔다.
그렇게 미로의 지도를 머릿속에서 완성할 수 있었다.

어느 날 그녀는 완벽했던 암흑 속에서 창백한
빛 한 점을 보았다. 에레삭베의 고리 반쪽을 찾으러 온
마법사 게드였다. 게드는 미궁에 갇혔고 그녀는 게드
를 산 채로 잡아 단숨에 죽이려고 했다. 그러나 지하 미
궁에 갇힌 그자가 들려주는 세상 이야기에 매료된 그녀
는 마음이 흔들린다. 그와 마주치는 것이 두려웠고 그
의 힘과 재주가 두려웠지만, 한편으로는 미궁에 갇혀서
도 평온하게 잠들고 사슬에 묶여서도 저항 없이 가만히

앉아 있을 수 있는 게드의 강인함에 이끌렸다. 게드를 살려주기 위해 다른 이들의 눈을 속이려고 그녀는 매일 자신의 식사를 그에게 가져다준다. 그는 알려준 적도 없는 그녀의 진짜 이름을 불렀다. 테나.

어린 테나가 마음속으로 되뇐 말을 나도 되뇌었다. 여긴 내 영역이니까 무서워하지 않을 거야.

그런 다음엔 게드와 함께 어둠의 묘역을 탈출하고 25년이 흐른 뒤의 테나도 생각했다. 내 또래의 나이가 된 테나는 마을에서 떠돌이 부랑자 무리에게 학대당한 아이 테루를 데려와 함께 살고 있었다. 아이는 불에 데어 얼굴 반쪽이 일그러지고 두려움에 사로잡혀 있었다. 테나는 늘 구석진 곳과 그늘 속에 숨어 있으려 하는 아이에게 겁내지 않는 법을 가르쳐주고 싶었다. 그 애가 두려움 속에서 살지 않도록 해주고 싶었다. 아이를 괴롭혔던 무리 중 한 사내가 두 사람을 쫓아오는 사건을 겪은 후 테나는 테루에게 말해주었다. 그를 겁내지 않아도 된다고, 그는 너의 두려움을 먹고 사니까 자기를 무서워하기를 바라지만 우린 그를 굶길 거라고.

별이 하나도 없던 어느 캄캄한 밤에 결국 그 부

랑자 악당들이 아이를 도로 빼앗아 가려고 테나의 집을 습격했다. 집 안으로 침입하려는 시도에 문이 덜컥거리고 창문을 억지로 비틀어 올리는 소리와 함께 그들의 말소리가 들리자 테나는 숨이 멎고 몸이 얼어붙는 것 같았다. 마침내 그들이 유리창을 부수려고 했을 때 테나는 자신을 꼼짝 못 하게 만든 얼음 같은 공포를 깨고 부엌으로 달려가 길고 날카로운 푸주칼을 꺼내 움켜쥐고는 문을 활짝 열고 문간에 서서 올 테면 와보라고 외쳤다.

그날 이후로 새벽에 깨면 누운 채로 테나의 두려움과 테나의 용기와 테나의 단단한 마음을 생각했다. 나의 두려움과 나의 용기와 나의 단단한 마음을 생각하려고 애쓰는 중이었을 것이다. 여긴 내 영역이니까 무서워하지 않을 거야. 네가 누구든 너를 겁내지 않을 거야. 내 두려움을 먹고 사는 너를 굶길 테다. 올 테면 와봐! 나는 테나가 되어 악당들을 물리치고 테루를 지킨다. 그러다 보면 다시 까무룩 잠이 들곤 했다.

새벽에 깨도 무섭지 않은 시각은 5시쯤이었다. 그 시각은 옆집 할머니가 일어나는 때였다. 우리 마당과 측백나무 몇 그루를 사이에 둔 옆집의 부엌 창문에 불이 켜지는 시간이었다. 빵 공장에 다니던 그 집 아드님이 6시면 출근을 했다. 어떤 날엔 그가 차에 시동 거는 소리, 잠시 후 출발하는 소리도 들렸다. 그 소리들이 간밤의 무서운 소리들을 다 물리쳐주었다. 아침이 온 것이다. 동이 트면 어둠도 색이 바랬다. 해가 떠오르면 어둠은 모두 사라졌다. 눈부신 아침 햇빛을 보면서 나는 고대인들이 왜 태양을 신으로 숭배했는지 완전히 이해했다.

세상에는 무수히 많은 이야기가 있다. 무서움과 두려움에 사로잡힌 사람은 그 이야기들 속 인물들을 생각하며 두려움을 이겨낼 수도 있다. 시인 에드워드 영은 밤에는 무신론자도 신을 반쯤은 믿는다고 했다. 나는 그렇게 되지 않았다. 신도 테나도 이야기 속 존재이지만 이상하게도 신의 전지전능함보다는 테나의 용기가 나에게는 더 힘이 되었다. 어떤 기도문보다도 테나의 말들이 더 힘을 주었다. 그러니 자신에게 용기를 주는 단어를 하나씩은 마음속에 품어야 한다. 그래야 필요할 때 부를 수 있다. 테나가 그랬던 것처럼.

나와 여름씨는 꼭 1년간 그곳에 살았다. 그곳을 떠나더라도, 아름다웠던 그 산들과 무서웠던 숱한 밤들이, 테나와 함께하던 그 밤들이 절대 잊히지 않으리라는 것을 거기에 사는 동안에도 이미 알고 있었다.

나는 요즘도 가끔 무서운 밤이면 테나를 부른다. 고마워 테나. 그리고 테나를 보내준 어슐러 르 귄 님도 고맙습니다.*

---

* 이 글은 어슐러 K. 르 귄의 『아투안의 무덤 – 어스시 전집 2』, 『테하누 – 어스시 전집 4』(최준영 · 이지연 옮김, 황금가지, 2006)의 내용을 참고했다.

이토록 유쾌(해)하고 친밀한 흡연

　　담배는 혼자 피워도 좋고 여름씨랑 둘이어도 좋
다. 식사를 하고 나서 여름씨가 마실 것을 준비해 함께
담배를 피울 때, 이따금 아침에 같이 출근해 밭에 도착
해서 하루를 시작하는 담배를 피울 때, 해 질 무렵 비닐
하우스 문을 잠그고 강아지 밥을 준 후 하루를 마감하
는 담배를 피울 때 기분이 좋다. 어쩌다 둘이 담배 한
대를 나눠 피울 때도 있는데 영화나 드라마에서 심란
하거나 심심한 부부가 주거니 받거니 하며 담배를 나눠
피우는 모습을 보면 꼭 우리 부부 같아서 반갑다.

　　담배의 효용은 담배를 주로 어느 때 피우는지

를 보면 알 수 있다. 일을 시작할 때(마음의 준비), 일 중간에 쉴 때(충전), 일이 안 될 때(재충전), 일을 끝마쳤을 때(마음도 마무리), 괴로울 때(위안), 초조할 때(긴장 해소), 흥분될 때(진정), 눈물 날 때(제습), 손을 어디에 둬야 할지 모를 때(담배를 잡음), 할 말이 더는 없을 때(담배 피울까요?), 버스가 오랫동안 안 올 때(불을 붙이자마자 버스가 나타남), 기타 등등. 그러나 이제 담배의 효용보다는 해로움이 널리 알려져 있고 실제로 버스 정류장에서 담배를 피우면 버스가 오는 대신 과태료 통지서가 온다. 담배 연기는 타인에게 괴로움을 유발하고 흡연은 흡연자 본인에게 건강상 해롭다. 다른 사람에게 피해를 주지 않도록 정해진 흡연 구역에서 흡연하는 것이 맞고, 흡연자의 건강은 본인의 문제이므로 각자가 알아서 하면 된다.

그런데 담배가 건강에 그렇게 해로운데도 사람들은 왜 계속 담배를 피우는 것일까? 리처드 클라인은 『담배는 숭고하다』라는 책에서 담배는 칸트가 '부정적인 쾌락'이라고 부르는 마력을 지녔다는 점에서 숭고하다고 썼다. 이런 해석은 좀 너무 나간 면이 없지 않다.

담배가 몸에 안 좋아도 계속 피우는 것은 다만 니코틴이 뇌의 보상 체계를 자극해 도파민이 분비되기 때문이지 칸트와 숭고함까지 끌어올 일은 아니지 않나? 인간에게는 건강만큼이나 기분이 꽤 중요하기 때문에 흡연자들은 담배를 피운다. 기분 따위는 따질 수 없을 만큼 건강이 중요해지는 시점까지는 피운다.

담배의 효용을 하나만 더 이야기하자면 사교 담배라는 것이 있다. 누군가와 함께 담배를 피울 때 느낄 수 있는 친밀감이 분명히 있다. 그것을 아주 잘 그려낸 장면이 허먼 멜빌의 『모비 딕』에 나온다. 이 소설에서 제일 좋아하는 장면은 고래를 찾으러 다니거나 고래를 잡으려 분투하는 순간이 아니라 이슈메일과 퀴퀘그가 처음 만나 우정을 시작하는 순간이다. 이슈메일이 해안가의 물보라 여인숙에서 만난 퀴퀘그는 머리털도 없고 문신으로 뒤덮인 흉측한 외모의 소유자였다. 짐승의 털가죽으로 만든 모자와 구두를 걸치고 손도끼인지 담배 파이프인지 모를 물건을 비롯해 여러 가지 기괴한 소지품을 가진 야만적인 식인종이자, 어린애 모양의 목조 우상을 가지고 기이한 행동을 하는 혐오스러운 이교도였다. 공포스럽게도 이런 존재와 만나자마자 캄캄한 어둠 속에서 한 침대를 써야 했다. 이후 이슈메일은 차츰 퀴퀘그가 예의바르고 친절한 태도를 갖춘 사람이라는 것을 알아본다. 고향에서 멀리 떨어진 곳에 와서 낯선 사람들 사이에 있었지만 그는 놀라울 정도로 평정을 유지했고, 자신을 벗 삼아 혼자 잘 지내고 있었다. 목조 우상을 가지고 나름의 의식을 거행하며 기도하는 그 이교도의 태도에서 영혼의 고결함마저 느낄 수 있었다. 기독교도인 이슈메일은 이 이교도와 우정을 나눠보고 싶은 생각이 들어 사교 담배를 제의했다. 퀴퀘그는 담배쌈지와 도끼 파이프를 꺼내 조용히 내밀었다. 두 사람은 도끼 파이프를 주거니 받거니 하며 담배를 피웠다. "비록 이 이교도의 가슴속에 나에 대한 무관심의 얼음이 숨어 있다 할지라도, 이 유쾌하고 친밀한 흡연이 그 얼음을 삽시간에 녹여버리고 우리는 다정한 친구가 되었다."

*

　　이십 대 초반 담배를 피우기 시작한 지 얼마 안
됐을 때 어느 날 집에 와서 보니 어머니가 써놓고 가신
장문의 편지가 있었다. 어머니는 무슨 속상한 일이 있
기에 내가 담배를 피우는지 무척 걱정하셨고 건강에 좋
지 않으니 담배를 피우지 않는 게 좋겠다는 이야기를
편지지 네 장에 걸쳐 쓰셨다. 당시 부모님과 떨어져 살
고 있었는데 내가 없을 때 오셨다가 쓰레기통에서 꽁초
를 발견하신 모양이었다. 편지를 보고 굳게 다짐했다.
앞으로는 담배꽁초 처리를 잘해야겠다!

　　오빠도 담배를 피웠지만 어머니가 오빠에게는
그런 편지를 보내지 않았다. 어머니는 왜 오빠와 달리
내가 담배 피우는 것은 그렇게 심각하게 받아들이셨을
까? 편지에는 그런 말이 단 한 마디도 쓰여 있지 않았
지만 그 이유는 어머니도 알고 나도 알고 세상 사람 모
두가 알 수 있을 것이다. 어머니의 생각은 이랬을 것이
다. 여자는 담배를 피우면 안 된다. 담배 피우는 여자는
상스러운 여자이고 싸가지가 없는 여자이고 아무튼 이

상한 여자이다. 내 딸이 그런 여자가 돼서는 안 된다!

나는 어머니의 마음을 잘 알고 있었다. 어머니에게 내가 그런 여자가 되지 않는 데에는 두 가지 방법이 있었는데, 하나는 내가 더는 담배를 피우지 않는 것이고 다른 하나는 계속 담배를 피움으로써 담배 피우는 여자가 그런 여자가 아니라는 것을 알게 해드리는 것이었다. 내게는 두 번째 방법밖에 없었다. 오랜 세월에 걸쳐 어머니는 나를 통해 담배 피우는 여자가 이상한 사람이 아니라는 것을 알게 되셨을 것이다. 물론 어머니가 보시기에 내가 이상한 사람일 수는 있지만 그것이 담배 때문은 아닐 것이라는 뜻으로.

그러나 어머니가 남부끄럽다고 느끼는 것은 어쩔 수 없었다. 내 딸이 상스러운 여자가 아니라는 것은 알지만 내 딸이 담배 피우는 것을 남들이 아는 건 부끄럽다는 마음. 이러한 어머니의 수치심은 어머니 자신의 문제이므로 내가 뭘 어떻게 해볼 수 없는 영역이었지만 그 마음만은 존중해드리기로 혼자 결심했다. 그래서 아버지가 담배가 떨어져서 아쉬워할 때도 안타깝지만 나는 내 담배 한 대를 나눠드리지 못했다.

담배와 함께한 세월 내내 담배와 관련해 최대의 관심사는 흡연 장소를 물색하는 일이었다. 학교 다닐 때는 요즘과 달리 동아리방이든 교정 어디서에든 담배를 피울 수 있었다. 졸업 후에는 어딜 가든 우선 흡연하기에 적당한 장소를 찾아놓아야 안심이 되었다. 두 가지 요건을 충족하는 곳이어야 했다. 첫 번째는 담배 연기로 다른 사람들에게 피해를 주지 않아야 한다는 점이고 두 번째는 여성 흡연인이라면 누구나 한 번은 경험했을 경멸의 시선을 마주치지 않도록 인적이 드물어야 한다는 점이었다. 두 번째 요건은 자연스럽게 첫 번째 요건도 충족시켰다. 그런데 구석진 곳을 찾아 담배를 피우다 보면 내가 미성년자도 아닌데 뭘 잘못했다고 이렇게 숨어서 담배를 피워야 하는지 짜증이 치밀곤 했다. 다른 사람의 시선이 어떻거나 말거나 아무렇지도 않게 담배를 피우고 싶은 마음도 있었다. 못 볼 꼴을 보았다는 듯 흘끔거리는 시선이나 대놓고 쯧쯧거리는 무례함은 불쾌하기는 해도 무시하면 그만이었다. 그러나 주로 남성에 의해 가해지는 물리적인 폭력에 대한 두려움은 잊기 어려웠다. 실제로 어떤 여성이 고속도로 휴

게소 흡연 구역에서 담배를 피우는 중에 건방지게 여자가 어디서 담배를 피우냐면서 모르는 남성에게 뺨을 맞았다는 이야기를 들은 적이 있었다. 정말 무섭고도 신기한 일이다. 여성이 담배 피우는 게 이상해 보일 수 있다는 것까지는 내가 백번쯤 양보해서 이해해준다고 쳐도, 그런 생각이 들면 그냥 혼자 생각하고 말 일이지 그걸 참을 수 없다고 분에 못 이겨 주먹을 휘두른다고? 여성을 자기보다 하찮게 여기지 않는다면 그럴 수 없는 일이다. 그저 담배 한 대를 피울 뿐인데 그럴 때마다 이 모든 것을 감수해야 한다. 담배와 마찬가지로 기호품인 커피를 한 잔 마실 때마다 이런 일을 겪는다고 생각해보라. 이게 얼마나 터무니없고 우스꽝스러운 일인지 알 수 있을 것이다.

왜 여성은 담배를 피우면 안 된다고 생각하는 걸까? 우리 문화에서는 윗사람 앞에서 담배를 피우지 않는 것을 예의라고 여긴다. (사실 이런 예절도 이해가 안 가기는 마찬가지다. 기호품을 즐기는데 위아래를 따지다니.) 그렇다면 여성은 남성에 비해 아랫사람이라는 말인가? 그런데 혼자 담배 피우고 있는 여성에 대한 공격은 무슨 이유일까? 게다가 여성 혼자가 아니라 남성 일행이 함께 있다면 아무도 시비를 안(못) 건다. 이게 무슨 의미일까?

여성이 담배 피우는 모습이 감히 여자가 담배를 피우는 꼬라지로 보인다면 그동안 스스로를 어떤 사람이라고 생각해왔든 당신이 여성이라는 존재를 진짜로 어떻게 여기는 사람인지 알 수 있다.

조선시대 문인 이옥은 담배를 너무 좋아한 나머지 『연경(烟經)』이라는 책을 썼는데 담배 피우기 좋은 때를 모두 적어놓았다. 달빛 아래서 피우기 좋고, 눈이 내릴 때 피우기 좋으며, 비가 내릴 때 피우기 좋고, 꽃 아래에서 피우기 좋다. 물 위에서, 다락 위에서, 길을 가는 중에, 배 안에서, 베갯머리에서, 측간에서 피우기 좋다. 홀로 앉아 있을 때, 친구를 마주 대하고 있을 때, 책을 볼 때, 바둑을 두고 있을 때, 붓을 잡고 있을 때, 차를 달이고 있을 때 좋다! 내가 여기에 한 가지 덧붙일 수 있다면, 감히 여자가 어디서 담배질이냐고 아무도 지랄하지 않을 때라고 적겠다.

얼마 전 할머니가 돌아가셨을 때 장례식장에 2박 3일 머무는 동안 나와 여름씨는 주차장 한편 구석에서 담배를 피웠다. 사촌 여동생 몇몇도 구석진 곳에 주차된 자동차 안에서 담배를 피운다는 걸 알고 있었고 어쩌면 그들도 내가 담배 피우는 것을 보았을 것이다. 그러나 우리는 서로를 못 본 척해주었다. 장례식장 입구 재떨이 근처에서는 남자 친족들이 삼삼오오 모여 담소를 나누며 담배를 피웠다.

어느 날 자매들이 모여 둘러앉아 눈부신 햇빛 아래서 유쾌하고 정답게 담배를 피웠으면 좋겠다.

내 세계의 크기

길눈이 밝은 편이다. 한번 가본 곳은 그다음에도 잘 찾아간다. 방향 감각도 나쁘지 않다. 처음 가보는 곳도 비교적 잘 찾는다. 내비게이션을 사용하기 전에도 그랬다. 출발 전에 미리 지도를 보면서 목적지까지 가는 경로를 머릿속에 그려 넣었다. 예정에 없던 여정 후에는 집에 돌아와 그날 갔던 곳을 지도에서 찾아본다. 지도 보는 것을 좋아한다. 지도는 대체로 조감도(鳥瞰圖)여서 내가 새처럼 하늘에서 내려다보는 감각을 좋아한다는 것을 알 수 있다. 한편으로는 어떤 세계의 전체를 한눈에 볼 수 있어서 그 안에서 내가 어디쯤 있는지 아는 상태로 있고 싶은 마음이 있다.

나는 지금껏 길을 잃지 않기 위해, 어딘지 알 수 없는 곳에서 헤매지 않기 위해 미리 알아보고 찾아보고 준비하고 계획했다. 그런데도 나는 자주 일기에 "길을 잃은 기분이다"라고 쓴다. 그럴 때 내가 갖고 싶은 지도는 아마 출생부터 죽음까지 나의 일생이 한 장의 종이에 표시된 지도일 것이다. 내가 어디에서 출발해서 어디쯤을 지나고 있으며 어디를 향해가고 있는지 알 수 있는 지도, 그대로만 따라가면 길을 잃지 않을 수 있는 지도. 그러나 내 일생이 아직 완료되지 않았으므로 그런 지도는 존재할 수 없고 존재하게 되었을 때는 내가 볼 수 없을 테니 나와는 만날 일이 없는 무엇이다. 그래도 억지로 만들어본다면 옛 지도에 표시되었던 테라 인코그니타(terra incognita), 즉 미지의 땅이 있는 지도일 것이다. 가보지도 않았고 겪어보지도 않은 곳에 대해 우리는 어떤 지도를 그릴 수 있을까? 지금 나는 나의 지도를 그리는 중일까? 분명한 것은 정해진 길 따위는 없고 장자(莊子)가 말한 것처럼 내가 걸어가면 곧 그것이 길이 되며 그렇게 지도가 완성되리라는 것이다.

*

신춘문예로 등단했을 때 국내 굴지의 광고회사로부터 입사 제의를 받았다. 한 달간의 인턴십을 거치면 정직원이 될 수 있다고 했다. 나는 좀 망설였다. 광고에 관심을 가져본 적이 없어 망설였고 번듯한 회사원이 될 수 있는 흔치 않은 기회라 망설였다. 또래보다 대학 졸업이 한참 늦었기 때문에 대기업 취업은 아예 꿈도 꾸지 않던 때였다. 그런데 생각지도 못했던 기회가 온 거였다. 나는 며칠간 공들여 인턴십 지원서를 썼고 출근했다. 그리고 이틀 출근한 후 사흘째 되던 날 그만두겠다고 회사에 말했다. 내 의사를 전해 들은 회사의 높은 분과 면담한 후에 한 시간가량 혼자서 선배 직원의 강의를 들었다. 그는 실제로 자신이 내가 나온 대학의 선배라는 점을 강조했다. 선배라서 하는 말이니까 잘 들어봐 이런 뜻이었을까? 그는 나를 앞에 앉혀놓고 화이트보드에 뭔가를 한참 쓰면서 회사의 계획이 무엇인지 오늘의 내 선택이 왜 실수인지를 차근차근 설명했고 나도 대부분 동의할 수 있는 내용이었다. 나는 중간

중간 고개를 끄덕이며 그의 말을 경청했다. 길었던 설득이 끝난 후 그가 최종적으로 내 생각을 물었다. 창밖에는 폭우가 내리고 있었다. 쏟아지는 빗물에 유리창이 불투명해졌다. 나는 역시 좀 어렵겠다고 말하고 일어섰다. 그러고는 인턴 사원증을 반납하고 회사를 나와 버스를 타고 집으로 돌아왔다. 익숙한 나의 세계로 도망쳐 왔다.

내가 제대로 된 직장인이 되리라고 기대도 하지 않았다가 갑작스런 취업에 몹시 기뻐했던 부모님의 실망은 꼭 그 기쁨만큼 컸다. 일생에 한 번쯤은 부모님의 기대대로 해드릴 수도 있었는데 그러지 못해서 나도 속상했다. 그러나 당장 그만두지 않으면 큰일이라도 날 것처럼 내 뜻은 완강했다. 내가 내세운 표면적인 이유는 글을 계속 쓰고 싶다는 거였다. 물론 회사를 다니면서도 글을 쓸 수는 있었다. 나를 만류하던 사람들도 모두 그렇게 말했다. 그런데 나는 마음이 급했다. 회사 다니면서 밤마다 혹은 주말에만 쓰는 것으로는 시간이 절대적으로 부족했다. 두 번째로 쓴 소설을 신춘문예에 한 번 응모해본 거였는데 덜컥 당선된 터라 내게는 이 업계에서 흔히 말하는 재고가 없었다. 나는 빨리 다음 작품을 쓰고 싶었다. 그런데 출근하기로 결정하기 전에는 그런 생각을 안 했던 건가? 회사를 이틀쯤 나가봤더니 갑자기 그런 생각이 들었어? 그러니까 내게는 이것 말고도 아무에게도 말하지 못한 더 솔직한 이유가 있었다.

나 말고도 인턴십에 참가하는 사람이 여러 명 더 있었다. 모두 광고인이 되려고 열심히 준비해온 사람들이었다. 이 점에서 일단 나는 그들에게 꿀렸다. 광고에 대한 열정과 인턴십을 제대로 해내 반드시 정직원이 되겠다는 일념으로 무장한 그들의 열렬함은 내가 가져보지 못했던 거였다. 우리는 과제를 받아 지금은 기억나지 않는 어떤 주제에 대한 아이디어 몇 개를 제출해야 했다. 내 머릿속은 창백해졌다. 판매가 목적인 상업 광고에 대해 나는 아무것도 몰랐다. 무엇보다도 인간이 어떤 물건을 사용한다고 해서 굉장히 행복해질 수가 있을까 하는 근본적인 의문이 내 생각이 뻗어나가는 것을 가로막았다. 어쩌면 광고가 무엇인지 몰라서 이런 순진한 생각에 붙잡혀 있었는지도 모른다. 나는 차라리 광고에 대해 차근차근 공부를 해야 했다. 과제를 할 때가 아니라 기초부터 공부를 시작해야 할 때였다. 그러나 당장 과제가 내 앞에 놓여 있었다. 나는 그것을 해내지 못하리라는 걸 깨달았다. 두려움은 그때 시작되었다. 내가 아무런 결과물도 내놓지 못하리라는 것, 그것은 생각만으로도 충격적인 장면이었다. 많은 사람들 앞에서 창피를 당하게 될까 봐, 창백한 내 머릿속이 만천하에 드러날까 봐 두려웠다.

아, 내가 처음부터 잘못 생각했구나 싶은 생각이 들었다. 이 생각은 막힘없이 제대로 잘 뻗어나갔다. 매우 빠른 속도로 뻗어나가 금세 결론에 도달했다. 그만두어야겠다. 그러자 부끄러움이 나를 덮쳤다. 나는 학창 시절 어느 단계에서도 과제를 못 해낸 적이 없었다. 내가 충분히 만족하지 못하거나 선생님의 마음에 들지 않았을 수는 있어도 어쨌든 대체로 해낸 편이었다. 물론 엄밀히 따지면 못 해낸 적이 몇 번 있긴 했지만 그것은 내가 아예 하지 않기로 마음먹은 경우였다. 잘하지 못하느니 차라리 안 하겠다, 이런 것이었는데 이것이 얼마나 어리석은 셈법인지 알게 되기까지 오랜 시간이 걸렸다.

그때 내가 그러지 않았다면 어땠을까. 내 실력에 마땅하게 창피를 당하고 늦었지만 광고 공부를 시작하고 내가 할 수 있는 만큼만이라도 해보았다면, 실수하고 깨지고 적절한 피드백을 받아가면서 다시 해보고 하는 과정을 버텨냈더라면 어땠을까. 어쩌면 내가 몰랐던 소질을 발견해서 생각해보지도 못했던 전혀 새로운 일을 할 수도 있었을 것이다. 반대로 전혀 소질이 없다는 것이 밝혀져서 아, 나는 이쪽으로는 소질이 없구나 인정하면서 그만두어도 늦지 않았을 것이다. 그랬다면 나는 어쩔 수 없이 창피당하는 일을 점차 두려워하지 않게 되고 내가 잘 알지 못했던 광고라는 새로운 세계를 알게 되었을 것이다. 만나본 적 없는 새로운 부류의 사람들도 알게 되었을 것이다. 내 세계의 크기가 적어도 한 뼘은 커졌을 것이다.

어느 선생님으로부터 초벌 번역 제안을 받았을 때도 마찬가지였다. 사회학 관련 불어 원서였다. 나는 불어를 좋아해서 혼자 공부했고 혼자서 불어책을 읽다가 불어 원서 세미나에 가서 공부하기도 했다. 그러나 불어 전공도 아니었고 사회학 전공은 더더구나 아니어서 선생님의 제안에 덜컥 겁이 났다. 나는 많이 생각해 보지도 않고 못 하겠다고 했다. 그때 그 제안을 받아들였다면 어땠을까. 사력을 다해 끙끙거리며 몸부림쳤더라도 틀림없이 엉망진창의 결과물이 나왔겠지만, 그 과정에서 얼마나 많은 것을 배울 수 있었겠는가. 그 경험을 발판 삼아 그다음으로 나아갔을 수도 있다. 어쩌면 나는 잘해냈을지도 모른다. 선생님이 터무니없이 내게 그런 제안을 하지는 않았을 텐데 나는 제대로 해내지 못할까 봐 지레 겁먹고 물러섰다. 결국 아무것도 하지 못하고 아무것도 배우지 못했다. 그때 나는 단지 그 일에서만 물러난 것이 아니었다. 도망치는 것 말고는 할 줄 아는 게 없는 사람이 되어 그다음에 또 어떤 기회가 오더라도 그 기회를 맞이할 줄 모르게 되었다. 생각지 못했던 기회도, 좋아하는 일을 할 수 있는 기회도 다 내 발로 뻥 차버렸다.

왜 나는 실패의 두려움을 이겨내고 창피함과 부끄러움을 무릅쓰고 내가 몰랐던 세계로 나아가보겠다는 마음을 먹지 못했을까. 실수해도 괜찮다는 말, 실패

해도 세상이 끝나는 게 아니라는 말을 알고 있긴 했지만 내가 그러기는 싫었다. 실수를 통해 배우고 실패를 통해 다른 존재가 될 수 있다는 것도 알았지만 나는 실수나 실패를 통하지 않고도 내 삶을 꾸려나가고 싶었다. 힘들어도 열심히 하면 잘할 수 있으리라는 생각만 했다. 그런데 제대로 못 하면 안 되는 것일까? 실수를 하거나 실패를 하면 인생이 완전히 무너지는 것일까?

실수나 실패만큼 두려웠던 것은 내가 알지 못하는 세계의 불확실성이었다. 그런데 따지고 보면 내게 익숙한 세계에도 불확실성은 늘 있었다. 내가 아직 모르는 것이 있고 내가 아는 것에도 한계가 있고 나를 둘러싸고 일어나는 일들을 스스로 전부 통제할 수도 없으므로, 아무리 미리 알아보고 준비하고 계획해도 언제든 상상하지 못했던 빈틈과 허술한 구멍으로 무서운 일들이 나의 세계로 비집고 들어올 수 있었다. 불확실성이야말로 내가 가장 견디기 싫은 것이었다.

불확실성을 너무도 싫어한 나머지 차라리 최악의 경우를 상상하곤 한다. 최악의 결과를 감당할 수 있을지 가늠해보고 나서야 조금이나마 마음이 놓인다. 그렇게라도 불확실성을 줄여야 폭발할 것 같은 내면의 긴장을 견딜 수 있다. 나는 막상 어떤 문제가 생기거나 큰일이 벌어지면 오히려 머리가 맑아져 해결 방법을 궁리하고 알아내서 사태를 수습해내곤 하지만, 아직 아무것도 결정되지 않은 상태는 견디기 어렵다. 그러니 나 자신을 좀 더 믿어줄 수는 없는 것일까? 어떤 일이 생길지 초조하게 안절부절못하는 대신, 무슨 일이 벌어지더라도 나는 그것을 잘 헤쳐나갈 수 있으며 지금껏 그렇게 잘해왔다고 자신을 믿어줄 수는 없는 것일까?

제대로 가고 있을 때조차 내가 길을 잃은 기분이었던 것은 내가 길을 잃지 않으려고만 했기 때문인지도 모르겠다. 길을 잘못 잡아 엉뚱한 곳으로 가게 될까 봐 어딘지 알 수 없는 곳에서 헤매게 될까 봐 불안해하는 대신, 길을 잃을 수도 있다는 사실을 받아들일 수 있으면 좋았을 것이다. 길을 잃어버리면 되돌아갈 수도 있고 새로운 길을 내며 앞으로 나아갈 수도 있다. 샛길을 발견할 수도 있을 것이다. 그러다 어느 순간에는 생각지도 못했던 곳에 당도할 수도 있을 것이다.

*

어느 날 에세이를 써보면 어떻겠냐는 제안을 받았다. 에세이를 써볼까 생각했던 적도 없고 쓰고 싶었던 적도 없었지만 나는 한동안 생각해본 후에 하겠다고 대답했다. 한 번도 해본 적 없는 일, 내가 잘할지 아직은 알 수 없는 일, 아무것도 확실한 것은 없고 오직 내가 해나가기 시작해서 끝까지 도달한 후에야 그 결과를 알 수 있는 일을 나는 하기로 했다. 이런 식으로 세계가 커지는 것일까? 이렇게 내 인생의 지도가 그려지는 것일까?

내 세계의 크기는 아직 나도 모른다.

문자공화국의 시민(들)

버스 차창에 코를 붙이고 창밖에 흘러가는 거리
의 간판,

수원피아노

이안과

남문안경원

해성반점

크로바백화점

상호를 읽어치우던 어린이는 자라서 매일 수십
페이지의 교정지를 읽어내는 어른이 되었다. 생계를 기
대고 있는 교정일을 끝낸 밤에는 피로해진 눈을 꾹꾹

누르며 생각하곤 한다. 하루 동안 내 눈을 지나가는 글자 수는 얼마나 될까? 하루치 교정지 속에는 수많은 문장이 있고 그 문장들 안에는 밤하늘의 별들처럼 셀 수 없이 많은 글자들이 일렬로 박혀 있다. 나의 빨간펜이 그중 못생긴 글자를 솎아내고 새로운 글자를 끼워 넣으면 문장은 좀 더 반듯하게 정돈된다. 나는 아마도 이 글자들을 사랑하는 것 같다. 그렇지 않고서야 눈이 항상 글자를 좇고 책을 향해 고개를 수그릴 리가 없다. 읽을거리 없이 시간을 보내야 할 때 안절부절못할 새도 없이 나의 두 눈은 글자를 찾아 주변을 탐색한다. 병원 대기실 소파에 앉아 벽에 걸린 의사 면허증을 읽고, 가족 모임이 길어질 때면 식탁 한쪽에 놓여 있는 본가의 주민세 고지서를 읽고, 선생님의 지루한 말씀이 계속될 때 선생님 뒤편 서가에 꽂힌 책 제목을 읽어 내린다. 사랑의 눈길은 자기도 모르는 사이에 끊임없이 사랑하는 존재의 자취를 찾아 나서므로 나는 틀림없이 글자를 사랑한다. 별들을 올려다보면서 우주를 가늠하듯 글자들을 들여다보면서 그것이 의미하는 세계를 상상한다.

내가 노래를 들을 때 가사를 거의 듣지 않는다는 사실을 뒤늦게 알았다. 일부러 텍스트로 보지 않으면 가사가 잘 안 들린다(안 듣는다). 성악가들이 노래 부르는 것을 연주한다고 표현하는데, 인간의 목소리가 또 하나의 악기이기 때문일 것이다. 내게 노래의 가사는 말하자면 목소리라는 악기를 연주할 때 소리를 내기 위한 일종의 도구인지도 모르겠다. 사이먼 앤 가펑클의 노래 〈The Sound of Silence〉의 가사를 처음 읽어봤을 때 무척 놀랐다. "Hello darkness, my old friend"라니. 이 노래를 들어온 지 40년은 됐을 테고 그동안 수천 번은 들었을 텐데, 헬로 다크니스 마이 올드 프렌드라는 도입부의 뜻이 헬로 다크니스 마이 올드 프렌드였다니. 뜻을 새기고 나니 내 친구를 그 긴 세월 동안 못 알아본 것 같아 미안하기까지 했다. 익숙해서 포근하고 모든 것이 사라져 고요해진 어둠 속에서 이제 내가 너를 본다.

나는 소리보다 문자에 반응한다. 나는 오랫동안 문자공화국(Republic of Letters)의 시민으로 살아왔다. 이 공화국의 시민은 공화국이라는 말의 의미 그대로 누구의 지배도 받지 않고 각자 자신의 의사대로 문자의 세계를 살아간다. 이 공화국에는 국경도 없고 입국 심사 같은 것도 없다. 단지 문자로 이루어진 텍스트를 좋아하기만 하면 이곳의 시민이 될 수 있다. 많은 사람들이 이 나라에 왔다가 더 재미있는 것에 이끌려 곧 떠나지만, 어떤 이들은 이곳에 정착해 문자로 이루어진 세계를 즐긴다. 저자, 번역가, 편집자, 인쇄 제책 노동자 등이 이 공화국을 유지하는 뼈대이자 근간이다. 그래도 역시 가장 중요한 역할을 하는 시민은 바로 독자인데, 낮 동안에는 생활인으로서 각자의 직업에 종사하고 해가 지면 문자공화국으로 퇴근한다. 문자공화국의 시민들은 점처럼 여기저기 흩어져 있지만, 점조직과 달리 그들은 텍스트로 연결되어 있다.

누군가는 이곳을 '문예공화국'이라고도 부른다. 가령 18세기 동아시아의 문예공화국이 잘 알려져 있다. 고전학자 정민 선생이 『18세기 한중 지식인의 문예공화국』에서 이를 아름답게 그려냈다. 이 책에는 홍대용이 북경 유리창거리에서 청나라 문인 엄성, 반정균, 육비를 만나는 이야기가 나온다. 서로 말은 통하지 않았지만, 그들이 사용하는 공통의 문자가 있어 그들은 한자로 필담을 나눌 수 있었다. 짧은 만남이었지만 그들은 서로를 알아보고 각자 마음속에 서로를 깊이 간직했다. 헤어진 후에도 서신을 주고받으며 오랜 시간 우정을 쌓았다. 부정기적인 인편을 통해 오간 편지는 여러 달 혹은 몇 년이 걸려서 도착하곤 했다. 수신인이 세상을 떠난 후에 도착한 편지도 있었다. 홍대용 이후 이덕무, 박제가, 박지원 등도 청나라 연행 때 만난 중국의 문인들과 역시 필담과 서신을 통해 문학과 사상을 나누었다.

　　동아시아에 한자가 있었다면 서유럽에는 라틴어가 있었다. 영국인 뉴턴도 프랑스인 데카르트도 네덜란드인 스피노자도 모두 라틴어로 책을 썼다. 스피노자의 원고는 책으로 발간되기 전부터 여러 나라 사람들의 관심을 집중시켰는데, 그들은 스피노자의 원고를 돌려보며 편지로 생각을 나누었다. 유대교회로부터 파문당한 후 살던 곳을 떠나 홀로 살아가던 스피노자는 파문으로 인해 고립되기는커녕 그동안 자신이 살던 세계보다 더 넓은 지적 네트워크를 잇는 커다랗고 중요한 한 개의 빛나는 점이 되었다.

이 문예공화국의 구성원들도 역시 주로 편지로 소통했는데 전화도 SNS도 없던 시절에 편지는 사실상 거의 유일한 소통 통로여서 그들은 참으로 편지를 많이도 주고받았다. 서간집이라는 종류의 책을 묶을 수 있을 정도였다. 뭐랄까, Republic of Letters를 문예공화국 대신 편지공화국이라는 말로 옮겨도 이상하지 않을 것이다. 'Letter'에는 '편지'라는 뜻도 있으니까.

이제 21세기 인간들은 편지를 거의 쓰지 않지만 여전히 문자로 소통한다는 점은 흥미로운 지점이다. 과거에는 만날 수가 없어서 편지로 소통했다면 이제는 만나지 않으려고 문자를 주고받는 경향이 있다. 특히 사람을 대하는 데 어려움을 겪는 내향인들에게는 너무나 반가운 변화이다. 직접 얼굴을 맞대는 것보다 전화로 말을 나누는 것보다 문자로 메시지를 주고받는 것이 간편하다. 가짜 웃음을 얼굴에 걸지 않아도 된다. 진짜 고통을 얼굴 아래에 감추어둘 필요도 없다. 복잡한 사정이나 불편한 관계 같은 것은 휘발되고 오직 메시지만 또렷하게 남는다.

　내가 보내는 메시지는 주로 교정지 여백에 연필로 쓴다.

　"동일한 내용이 반복되므로 삭제하면 좋을 것 같습니다."

　"전각기호 아님. 반각기호로 수정해주세요."

　"이 표현은 쉽게 이해하기 어려우므로 '도덕 교육'으로 옮기면 어떨까요?"

　"서체 수정해주세요."

　"참고문헌의 서지사항을 확인해주세요."

　이렇게 저자(역자)나 본문 디자이너에게 보낸 메시지의 답은 적자(赤字) 대조 때 받아 본다. 적자 대조란 말 그대로 붉은 글씨로 수정된 내용이 제대로 반영되었는지 확인하는 과정이다. 내 질문 아래에 저자는 파란펜으로 "OK"라고 적는다. 가끔은 내 질문에 엑스 표시를 해서 그대로 두겠다는 뜻을 보내기도 한다. 말없이 내 제안대로 수정해놓기도 한다. 아주 드물게는

"좋아요!"라고 길게(?) 적어주시는 저자도 있는데 이럴 때는 나도 모르게 빙긋 웃게 된다. 평소에는 무채색을 띠는 예사로운 문자의 세계가 홀연히 빛을 내는 순간이다.

내가 교정한 내용에 대해 담당 편집자의 코멘트가 적혀 있을 때도 있다. 하나의 교정지는 본문 디자이너, 교정자, 저자, 편집자를 거친다. 그래서 적자 대조를 하고 나면 여러 사람과 한참 이야기를 나눈 기분이 들곤 한다. 대개는 그들을 한 번도 만난 적이 없고 그들이 실제로 어디에 어떻게 존재하는 사람들인지 알 수 없지만, 나는 매번 이렇게 여러 동료들과 함께 일하고 있다. 그들의 메시지가 인쇄된 글자가 아니라 저마다 다른 필체를 갖고 있기 때문에 나는 더욱 그들의 존재를 생생하게 느낄 수 있다. 육필에서는 물리적 존재가 적나라하게 드러난다. 어쩔 수 없이 타고난 내향인인 나는 이런 소통 방식을 사랑할 수밖에 없다.

*

그림책을 지나 그림이 섞인 동화책을 지나 오로

지 글자만 가득 찬 책을 처음으로 읽은 것은 『괴도 루
팡 전집』이 우리 집에 도착했을 때였다. 오빠와 내가 하
도 여러 번 읽어서 나중에는 초록색 하드커버의 가장자
리가 해지고 제본이 갈라지고 책장이 떨어져나갔다. 책
이 차츰 부서지는 동안 내 안에는 새로운 세계가 건설
되었다. 신출귀몰하는 변신의 귀재 루팡(뤼팽)을 좋아
하지 않을 수 있을까? 그는 젠체하는 셜록 홈스를 골탕
먹이고 불행의 구렁에 빠진 사람을 도우며 언제나 자신
이 원하는 것을 손에 넣었다. 책에는 오로지 글자가 있
을 뿐인데 가만히 앉아 그것을 한 자 한 자 읽고 나면
내 안에 어느새 문자로 만들어진 세계가 우뚝했다. 문
자의 세계는 소란하고 슬프며 우스꽝스러워서 나는 거
기에서 계속 살고 싶었다.

　　그러다 어느 날 비슷한 세계를 알고 있는 사람
을 만난다. 그 책을 읽은 사람만 알 수 있는 세계, 그들
끼리만 주고받을 수 있는 이야기가 있다. 각자 홀로 책
을 읽지만 우리는 그렇게 만난다.

　　누군가 뭔가를 쓰고 누군가 그것을 읽는다는 것

은 굉장한 일이다. 특정한 수신인 없이 쓴 글일 경우에 더욱 그렇다. 지금까지 내가 읽은 책의 저자들 중 누구도 나에게 그것을 써준 것이 아닌데 나는 그 책들을 읽으며 성장했다. 심심해서 외로워서 궁금해서 슬퍼서 나는 책을 읽어왔다.

누군가 쓴 것을 내가 읽는다. 내가 쓴 것을 당신이 읽는다. 심심해서 외로워서 궁금해서 슬퍼서 읽을 것이다. 우리는 이렇게 만난다.

에필로그

이 책이 나의 마지막 책이 될지도 모른다. 쓰는 동안엔 언제나 그런 생각이 든다. 소설집에 실린 단편들을 쓰면서도 이게 첫 책이자 마지막 책이 될 수도 있다고 생각했고, 두 번째 책이 될 이 작업을 하는 동안에도 어쩌면 이게 마지막일 수도 있다고 생각했다. 마지막이 될 수도 있다는 이 시한부의 감각이 내가 작업을 밀고 나가는 힘인지도 모르겠다.

내 모든 노트의 첫 장에 적힌 문장은 이것이다. "Bientôt tu ne pourras plus dire tout cela." 곧 이 모든 것을 말할(쓸) 수 없게 되리라는 프루스트의 이 무서운 말이 언제나 내 마음속에 있다. 내가 뭔가에 쫓기듯 살고 있다면 나를 쫓는 그 뭔가는 바로 이 문장일 것이다.

나는 희망의 말을 잘 모르고 용기와 위로의 말을 쉽게 생각해내지 못한다. 그런 문장을 쓸 수 있다면 좋았을 것이다. 그러나 그렇게 살지 못하는 사람은 그렇게 쓰지 못한다. 다른 아름답고 용감하고 희망적인 문장들은 다만 그것을 쓴 사람의 것일 뿐, 나는 나의 문장을 쓴다. 이 말은 너무 당연하고 중요해서 대문자로 쓰고 싶은데 한글이 알파벳이 아닌 게 아쉽다.

*

여기에 묶은 글들을 쓰고 나서 시간이 꽤 흐르는 동안 여름씨의 블루베리에도 많은 일들이 있었다. 어린나무들은 이제 우리의 키를 훌쩍 넘어 높이 자랐고, 귀한 블루베리 열매들은 사람들의 사랑을 듬뿍 받고 있다. 매해 수확철마다 정신없이 주문이 밀려들고 로컬푸드에 내놓으면 대개는 그날로 다 판매된다. 그리고 올봄 우리 농장 부지가 국가산업단지 예정지로 지정

되어 수용될 것이라는 슬픈 소식이 도착했다. 여름씨가 손수 파이프를 박아 울타리를 세우고 배수로를 파고 수많은 나무들을 심어 번듯한 농장으로 만든 이곳에서 앞으로 몇 년이나 더 블루베리를 수확할 수 있을지 모르게 되었다.

블루베리는 수확 후 후숙되지 않기 때문에 잘 익은 열매를 정확하고 빠르게 골라 따는 것이 바쁜 수확철에는 가장 중요한 기술인데, 나는 이제 여름씨만큼 숙련된 기술자가 되었다. 그리고 봄에는 꽃과 열매를 솎아주는 적화(摘花), 적과(摘果)를 한다. 아직 가지치기는 할 줄 몰라서 올겨울에는 여름씨에게 가지치기하는 법을 배울 계획이었다. 나도 차츰 나무들과 친해지고 있었다. 그런데 이제 우리 나무들은 어떻게 될까? 나무들은 아무것도 모르고 인간사와 상관없이 자기들의 시간에 맞춰 꽃눈과 잎눈을 내고 꽃을 피워 열매를 맺을 것이다.

이 나무들과 함께 우리는 또 어디로 가게 될까? 아직 정해진 곳이 없다. 나무들은 아무 걱정 없이 오늘도 잘 자라고 있다.

나무와
함께
정처 없음

초판 1쇄 2023년 11월 1일

지은이 노재희
펴낸이 박진숙 | **펴낸곳** 작가정신
편집 황민지 | **디자인** 이현희 | **마케팅** 김영란
재무 이수연 **인쇄 및 제본** 한영문화사

주소 (10881) 경기도 파주시 회동길 216 2층
대표전화 031-955-6230 | **팩스** 031-955-6294
이메일 editor@jakka.co.kr | **블로그** blog.naver.com/jakkapub
페이스북 facebook.com/jakkajungsin
인스타그램 instagram.com/jakkajungsin
출판 등록 제406-2012-000021호

ISBN 979-11-6026-327-5 03810